A doceria mágica da Rua do Anoitecer

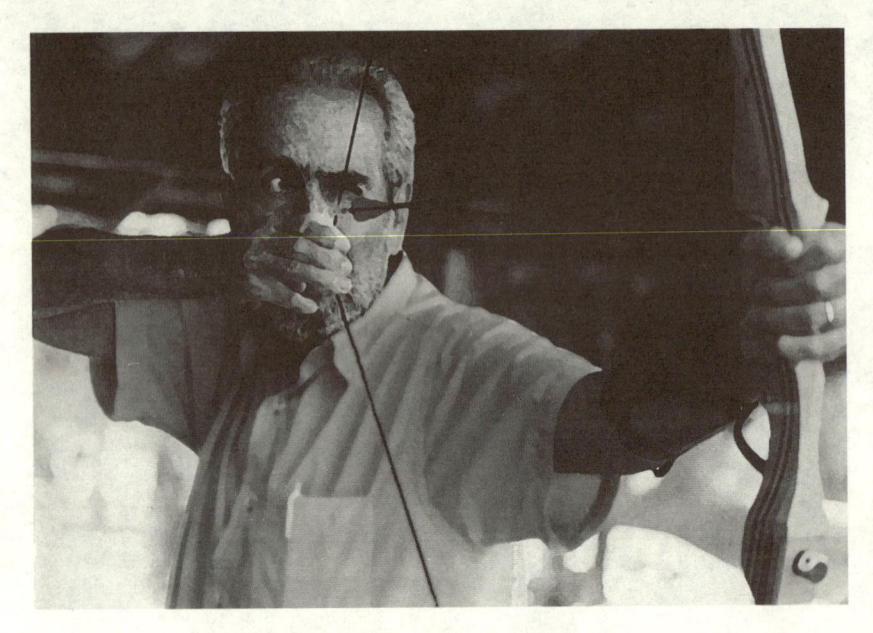

O Arqueiro

GERALDO JORDÃO PEREIRA (1938-2008) começou sua carreira aos 17 anos, quando foi trabalhar com seu pai, o célebre editor José Olympio, publicando obras marcantes como *O menino do dedo verde*, de Maurice Druon, e *Minha vida*, de Charles Chaplin.

Em 1976, fundou a Editora Salamandra com o propósito de formar uma nova geração de leitores e acabou criando um dos catálogos infantis mais premiados do Brasil. Em 1992, fugindo de sua linha editorial, lançou *Muitas vidas, muitos mestres*, de Brian Weiss, livro que deu origem à Editora Sextante.

Fã de histórias de suspense, Geraldo descobriu *O Código Da Vinci* antes mesmo de ele ser lançado nos Estados Unidos. A aposta em ficção, que não era o foco da Sextante, foi certeira: o título se transformou em um dos maiores fenômenos editoriais de todos os tempos.

Mas não foi só aos livros que se dedicou. Com seu desejo de ajudar o próximo, Geraldo desenvolveu diversos projetos sociais que se tornaram sua grande paixão.

Com a missão de publicar histórias empolgantes, tornar os livros cada vez mais acessíveis e despertar o amor pela leitura, a Editora Arqueiro é uma homenagem a esta figura extraordinária, capaz de enxergar mais além, mirar nas coisas verdadeiramente importantes e não perder o idealismo e a esperança diante dos desafios e contratempos da vida.

HIYOKO KURISU

A doceria mágica da Rua do Anoitecer

Traduzido do japonês por Jefferson José Teixeira

コハク妖菓子店

ARQUEIRO

Título original: *Yuyamidori Shotengai – Kohaku Yogashiten*

Edição original japonesa publicada em 2022 pela Poplar Publishing Co., Ltd. Edição brasileira publicada mediante acordo com a Poplar Publishing Co., Ltd., por intermédio da English Agency (Japan) Ltd. e da New River Literary Ltd.

coordenação editorial: Alice Dias
produção editorial: Livia Cabrini
preparo de originais: Sheila Louzada
revisão: Ana Grillo e Juliana Souza
projeto gráfico: Natali Nabekura
diagramação: Valéria Teixeira
capa: Ana Paula Daudt Brandão
ilustração de capa: Mário Proença
impressão e acabamento: Associação Religiosa Imprensa da Fé

CIP-BRASIL. CATALOGAÇÃO NA PUBLICAÇÃO
SINDICATO NACIONAL DOS EDITORES DE LIVROS, RJ

K98d

Kurisu, Hiyoko
  A doceria mágica da Rua do Anoitecer / Hiyoko Kurisu ; tradução Jefferson José Teixeira. - 1. ed. - São Paulo : Arqueiro, 2025
  176 p. ; 21 cm.

  Tradução de: 夕闇通り商店街　コハク妖菓子店
  ISBN 978-65-5565-740-1

  1. Ficção japonesa. I. Teixeira, Jefferson José. II. Título.

24-94614   CDD: 895.63
                                  CDU: 82-3(520)

Gabriela Faray Ferreira Lopes - Bibliotecária - CRB-7/6643

Todos os direitos reservados, no Brasil, por
Editora Arqueiro Ltda.
Rua Artur de Azevedo, 1.767 – Conj. 177 – Pinheiros
05404-014 – São Paulo – SP
Tel.: (11) 2894-4987
E-mail: atendimento@editoraarqueiro.com.br
www.editoraarqueiro.com.br

Sumário

Prólogo

Olá, seja bem-vindo. É raro recebermos a visita de humanos. Em geral, apenas espíritos, almas penadas ou pessoas com uma existência instável vêm aqui.

Esta é a área comercial da Rua do Anoitecer, situada no final do *kakuriyo*, o reino espiritual. É um lugar esquecido, onde só moram párias como eu e pessoas sem rumo.

Desculpe, não me apresentei. Meu nome é Kogetsu e sou o proprietário da Doceria Mágica Âmbar. É um prazer conhecer você.

Se veio parar aqui, é sinal de que você também está tomado por alguma angústia. E, de tão intensa, ela deve estar tornando sua existência instável.

Como eu sei disso? Digamos que seja intuição.

Ah, vai querer levar esse doce? Por favor, venha até o balcão que eu o embrulho para você.

Por favor, não olhe para os fundos da loja. Ficou curioso com as grandes prateleiras, não foi? Cá entre nós, recomendo que tome cuidado. Sabe como é, a curiosidade matou o gato...

Mas eu desconheço os efeitos provocados pelos doces mágicos de nossa loja. Portanto siga com atenção o modo de usar e a quantidade que pode ser consumida.

Por fim, um alerta importante: não nos responsabilizamos pelo que pode acontecer.

1

Balinhas açucaradas da ambição

Meu namorado anda muito distante.

A culpa não é dele, eu sei. Ele tem estudado muito para os exames de admissão na faculdade, mas sinto saudades. Quase não nos falamos mais. "Acho que vai ficar difícil responder às suas mensagens, porque falta pouco para as provas", ele me avisou, e eu falei que tudo bem, tentando parecer compreensiva. Não sabia que seriam tantos simulados.

"Agradeça por ter um namorado legal!", "Você está reclamando de barriga cheia", minhas amigas me dizem. Elas não entendem.

Sou apaixonada por ele desde o fundamental II. Ele estava um ano acima de mim. Na época, ele era presidente do conselho estudantil e eu o achava descolado, inteligente, sociável.

Estudei muito para entrar na mesma escola de ensino médio que ele, mas durante cerca de um ano eu apenas o admirei de longe, até que tomei coragem e finalmente me declarei. Ainda hoje sinto que foi um milagre ele ter aceitado namorar comigo – sou uma garota comum, sem nada de especial em termos de beleza ou inteligência.

Tudo correu às mil maravilhas durante as semanas das férias de primavera, mas foi só começar o terceiro ano que ele mudou para o "modo vestibulando" e o namoro esfriou.

Nem nos fins de semana saíamos para nos divertir. O tempo que passávamos juntos indo e voltando da escola era precioso, mas, depois que começou o cursinho, ele só vive na sala de estudos, mesmo quando não tem aula.

No fundo, isso é melhor do que na época em que eu vivia um amor platônico, mas minha preocupação agora é muito maior.

Não quero que ele me ache egoísta. Também não quero que me veja como uma namorada chata e termine comigo.

Mas sinto falta de vê-lo, ouvir sua voz, ter o carinho dele.

Será que estou exigindo demais? Devo ser paciente e apenas esperar as provas acabarem? Estamos em maio, então ainda há dez meses pela frente.

Mas quando ele entrar na universidade, a distância entre nós só vai aumentar. Ele vai conviver com garotas da faculdade ou do estágio e com certeza vai me esquecer. Será o fim do nosso relacionamento.

Não faz sentido eu me forçar a suportar isso por quase um ano, e no fim tudo terminar.

O que devo fazer? Seria ótimo se ele voltasse a ser o namorado carinhoso que era antes sem que eu precisasse tomar uma atitude. Mas isso é impossível – não existe mágica.

Depois da aula, fui caminhando até um santuário próximo à escola. É um local aconchegante e com pouco movimento, um tanto afastado da área residencial. Fica em uma elevação com árvores ao redor, ao final de uma escadaria de pedra.

Eu costumava ir até ali para rezar na época das provas de admissão para o ensino médio e quando decidi me declarar para meu namorado. Nos dois casos deu tudo certo, por isso desde então passei a ir ao local sempre que estava enfrentando um momento difícil. Tinha certeza de que colegiais não costumavam fazer muitos pedidos aos deuses, por isso não comentava sobre o meu hábito com ninguém.

As árvores e a escada ficavam dispostas de uma forma que, ao entrar no átrio, o visitante se via num ambiente de total privacidade. Ali eu ficava inalcançável pelos olhares alheios, o que era bastante conveniente.

Deixei cair uma moeda na caixa de ofertas, toquei o antigo sino e uni as mãos em oração. "Que eu e meu namorado permaneçamos juntos por muito tempo. Que nosso relacionamento se fortaleça cada vez mais."

Enquanto eu desejava isso serenamente em meu coração, pensamentos sombrios começaram a cruzar minha mente.

Será que meu namorado realmente gostava de mim? Será que ele não estava mantendo o relacionamento apenas para evitar o drama de um rompimento? Talvez ele tivesse me pedido em namoro por pena.

Senti meu rosto esquentar e as lágrimas brotarem.

Eu estava com os nervos à flor da pele. Certa vez, eu tinha lido uma matéria de revista sobre como é chato ter uma namorada grudenta. Eu não queria ser assim. Mas quem é que faz tudo certo em sua primeira experiência amorosa?

Naquele momento, senti uma brisa soprar, trazendo um aroma nostálgico.

– O que é isso?

Para meu espanto, uma clareira se abriu no local onde antes estavam as árvores.

Será que o sacerdote havia mandado cortá-las para que não atrapalhassem a passagem? Mas, se fosse isso, por que limpar somente aquela área?

Um vento vinha daquela direção, trazendo um enigmático aroma de incenso, ou talvez fosse de madeira antiga.

Segurei firme minha mochila e me dirigi até lá, apertando o passo, até vislumbrar por entre as árvores uma paisagem inimaginável.

– Uau…

Era um caminho em linha reta, ladeado por lojas com fachadas de madeira. Lanternas tradicionais, típicas de festivais, pendiam ao longo do caminho.

Uma rua comercial de estilo antigo, banhada pelo laranja do crepúsculo.

– Como assim? – murmurei para mim mesma.

Atrás do santuário havia uma rua? E por que se estendia naquela direção? Era como se o santuário fosse o portão de entrada.

Pressenti algo estranho, mas minha curiosidade falou mais alto, talvez porque o local lembrava muito a estética retrô da Era Showa que eu vira em um filme. Então fui em frente.

Em vez de asfalto, o caminho era coberto por uma areia endurecida pontilhada de seixos.

As lojas, que dificilmente poderiam ser descritas como limpas, estavam quase todas fechadas. Em algumas delas havia uma placa indicando "Fechado", enquanto outras cerravam as portas pouco antes de eu passar. Havia algo esquisito ali.

Era um pouco assustador não saber pelas fachadas e vitrines o que as lojas vendiam. Em algumas, o letreiro não estava sequer em japonês. Sem iluminação pública, as lanternas suspensas vermelhas e brancas se destacavam, parecendo tão irreais que me provocavam arrepios.

Mesmo assim segui em frente, sem entender bem por quê. Será que minha angústia estava me levando a ter aquele comportamento tão diferente do normal? Em geral sou medrosa, do tipo que não entra sequer na casa mal-assombrada de parques de diversões. Se meu namorado estivesse ali, eu o teria puxado pelo braço e implorado para darmos meia-volta. Talvez.

Quase no final da rua, finalmente avistei uma loja com as luzes acesas. Parecia mais limpa e acolhedora que as demais. Era antiga, mas bem cuidada, com paredes de madeira cor de âmbar e decorada com lanternas de papel cor de pêssego. Havia um visor de vidro na porta de madeira com ornamentos tridimensionais.

No letreiro estava escrito a pincel: DOCERIA MÁGICA ÂMBAR.

Por que esse nome? Será que havia doces mágicos ali? E por que a loja fechava no "primeiro dia de lua nova e no primeiro dia de lua cheia", conforme dizia a placa na entrada?

Bem, pelo menos uma doceria nao tentaria me empurrar produtos caros. Eu já estava mesmo querendo comer um docinho e, pensando assim, abri a porta. *Nheeec...* Ao som do rangido, o interior fracamente iluminado da loja se descortinou diante de meus olhos.

À luz das luminárias do teto, espalhadas desordenadamente sobre uma mesa que batia na minha cintura, havia doces típicos japoneses, como *daifuku* e *manju*, e outros mais comuns e baratos, como balas, confeitos e caramelos.

– Seja bem-vinda. É raro recebermos a visita de humanos.

Levei um susto com a voz que veio da escuridão. Olhei para os fundos da loja e vi um lindo rapaz de cabelos loiros vestindo um *hakama* tradicional. Devia ter uns 25 anos. De estreitos olhos dourados e pele alva, não aparentava ser japonês. Por um instante tive a impressão de ver, por sobre seus cabelos de tamanho médio, orelhas marrom como as de uma raposa. Mas devia ter sido impressão minha, claro.

– Boa tarde... Como assim não recebem muitos humanos?

Os cantos da boca do rapaz se elevaram ligeiramente. Esse esboço de sorriso o fez parecer um fantoche elaborado.

– Aqui é a área comercial da Rua do Anoitecer, a fronteira entre o mundo real e o mundo dos espíritos. Apenas almas penadas, espíritos ou seres humanos com uma existência instável, como você, vêm até aqui.

– Como é que é?

A explicação me surpreendeu, mas logo entendi. Devia ser o conceito da loja, de utilizar um cenário de fantasia e proporcionar uma experiência como a de parques temáticos.

Eu sabia que nos últimos tempos vinha aumentando o número de cafés e lojas do gênero, mas era difícil imaginar que um estabelecimento daquele tipo num local tão remoto caísse nas graças do público.

– Desculpe, não me apresentei. Meu nome é Kogetsu e sou o proprietário da Doceria Mágica Âmbar.

Ele me saudou com um aceno de cabeça. Sua voz era contida e um pouco aguda para um homem.

– Hã... prazer. Você é uma raposa? – perguntei, suspeitando que as orelhas fossem parte de um traje de cosplay.

Não pude deixar de comentar, afinal, talvez eu fosse a primeira cliente em muito tempo e o rapaz estivesse entusiasmado para fazer sua encenação.

– Só metade – disse ele. – Você é perspicaz.

– Metade? – falei, esperando que ele explicasse, mas Kogetsu não falou mais nada.

Tentei outro caminho:

– E por que a loja fecha nos primeiros dias de luas nova e cheia?

– Como tenho uma existência intermediária, não me sinto bem quando o poder lunar é muito forte ou muito fraco. Então fecho a loja para descansar – respondeu ele.

Será que isso tinha algo a ver com o que ele havia dito sobre ser "metade raposa"? Bem, se ele descansava apenas dois dias por mês, era natural que se sentisse cansado... Parecia não haver outros funcionários. Ele devia gerenciar a loja sozinho.

Que desperdício, um homem tão lindo administrando uma loja tão vazia, eu pensava, enquanto observava os produtos expostos.

– Quando nos encontramos em uma existência instável, é por algum motivo. Você está angustiada com alguma coisa, não está?

Ao ouvir isso, quase deixei cair o pote de balas que tinha pegado de uma prateleira.

– C-como você sabe?

Automaticamente me virei, fitando os olhos dourados de Kogetsu. Seus cílios eram da mesma cor e incrivelmente longos.

– Experiência e intuição – disse ele apenas. – Ah! Vejo que você gostou dessas balinhas açucaradas.

– Eu... bem...

Ao ver que eu segurava o pote redondo e transparente de *konpeitos* coloridos, Kogetsu abriu um sorriso. Em diferentes tons de lilás e azul-claro, as balinhas pareciam hortênsias. Eram muito lindas, mas não foi a cor o que me chamou a atenção.

– Fiquei intrigada com o nome...

Todos os doces à venda tinham algum acréscimo incomum. Em vez de serem apenas *mamedaifuku* ou *dorayaki*, tinham algum tipo de elemento modificador. Os que eu tinha pegado eram "balinhas açucaradas da ambição". Eu me questionei se as escolhi por ser uma pessoa ambiciosa.

– Essas balas fazem pequenas coisas boas acontecerem quando você as come. Mas só pode comer uma por dia. – Ele disse isso levando o dedo indicador aos lábios como se contasse um segredo.

– Ah, entendo – falei. – Essa é a razão da "ambição" no nome, então. Mas não é difícil comer apenas uma por dia?

– De fato... Mas não nos responsabilizamos por nada que aconteça caso você infrinja a regra.

Meu coração começou a bater forte e acelerado. Kogetsu tinha uma expressão fria no rosto.

O que ele queria dizer com aquilo? Seu ar de mistério era tão convincente que quase achei que fosse verdade aquela história de doces que faziam coisas acontecerem.

– Vou levar estas.

Para disfarçar o nervosismo, entreguei a Kogetsu a embalagem como se minha escolha fosse casual, como se não tivesse nada a ver com aquela fantasia que ele tinha criado.

As balas eram lindas e pareciam deliciosas. E custavam apenas 300 ienes.

O balcão tinha uma caixa registradora antiga, daquelas cujo funcionamento é totalmente mecânico. Kogetsu colocou a embalagem de balas em um saquinho de papel cor sépia.

– Obrigado. Não se esqueça: apenas uma por dia. Siga com atenção o modo de usar e a quantidade.

Já em casa, no meu quarto, ao olhar de relance para as balas, fiquei pensando naquela loja estranha. Talvez o proprietário fosse vidente ou algo assim. Isso explicaria o ar misterioso e toda a dramatização.

Hum, será que devo experimentar uma?

Eu tinha acabado de jantar e ainda não escovara os dentes.

Então levantei da cama e peguei o pacote, que eu havia deixado sobre a escrivaninha. Despejei todo o conteúdo na palma da mão.

Então me lembrei do aviso de Kogetsu.

Devolvi quase todas as balas ao pote, deixando apenas uma comigo. Não que eu estivesse com medo. *Vou entrar no clima*, falei para mim mesma.

Quando a coloquei na boca, senti se espalhar pela língua uma doçura muito mais intensa que de açúcar puro. Era muito doce, porém com um toque de menta que não deixava ficar enjoativa. Que tortura ter que comer apenas uma.

Bem... Não sou mais criança para acreditar em feitiços, mas até que seria uma grande sorte se, por apenas 300 ienes, algo bom acontecesse.

Quando me sentei na cadeira para terminar o dever da escola, meu celular soou na cabeceira da cama. E não era a notificação de uma mensagem de texto, mas o toque de um telefonema.

Peguei o aparelho às pressas quando vi na tela o nome do meu namorado.

– Alô. É você? – De tão nervosa, minha voz falhou um pouco.

– Kana? Está ocupada?

– Não, não estou. O que houve? É raro eu receber uma ligação sua...

– O simulado acabou agorinha. Podemos conversar bastante hoje!

Ele estava muito animado, sua voz repleta de confiança.

– Sério? Que legal!

– É sempre você que me liga, então fiz questão de telefonar.

Me emocionei com aquelas palavras.

Na maioria das vezes ele apenas me ouvia, mas hoje estava disposto a conversar de verdade. Eu adorava quando ele ria das minhas histórias bobas – quando eu contava uma bobagem que o professor tinha dito durante a aula, por exemplo, ou algum incidente que tinha acontecido na minha turma.

Naquela noite, passamos mais de uma hora conversando e nem vi o tempo passar. Quando desliguei, estava me sentindo nas nuvens.

Apertei o celular contra o peito, suspirando apaixonada. Fazia um bom tempo que eu não me sentia tão feliz.

Será que a bala tinha mesmo...?

Olhei de novo para o pote, quase sentindo de novo a doçura na ponta da língua.

Não, era impossível. Tinha sido pura coincidência.

No dia seguinte, mesmo convencida de que era tudo bobagem, comi uma balinha antes de ir para a escola. Só uma.

Mal cheguei à minha sala e fui chamada no corredor por uma menina de outra turma, algo raro de acontecer. No ano anterior, nós duas tínhamos sido mesma turma, e depois continuamos amigas, mas só nos falávamos por mensagens. Acenei para ela, entrei na sala rapidamente para deixar a mochila e voltei ao corredor.

– Oi! Há quanto tempo a gente não se esbarra por aqui! Tudo bem?

– Eu trouxe uma surpresa para você, Kana. Toma!

Ela me entregou, toda sorridente, um par de ingressos de cinema. Eram de um filme inspirado em um anime da TV que vinha sendo muito comentado antes mesmo do lançamento.

– Caramba! Mas por que isso?

Ela deu um risinho.

– É que eu comprei muitas coisas que dão ingressos para pré-estreias como brinde. Como não consigo ir em tudo, pensei em te dar alguns. Seu namorado não é fã desse anime?

– É, sim.

Eu nem me lembrava de ter conversado sobre isso com ela. Tinha visto o anime só para ter assunto com meu namorado.

– A pré-estreia no cinema vai ser no sábado. Vão vocês dois!

– Ah, obrigada!

Fiquei emocionada. Minha amiga então fez um aceno, como se dissesse "Imagina!", depois se despediu e seguiu para sua sala.

Eram dois ingressos. Na mesma hora mandei uma mensagem para meu namorado. Expliquei que tinha ganhado os ingressos de uma amiga, e ele logo respondeu que seria perfeito, pois no sábado não teria aula no cursinho.

Eba! Depois de tanto tempo, finalmente íamos sair!

Minha vontade era sair dando pulinhos pelo corredor, mas me segurei.

No dia anterior tinha sido a ligação do meu namorado e hoje também havia acontecido algo bom que eu não esperava. Ainda tentei me convencer de que eram apenas coincidências, mas confesso que o efeito mágico das balas começava a ter um gostinho de verdade.

"Essas balas fazem pequenas coisas boas acontecerem quando você as come!"

Fiquei relembrando a misteriosa atmosfera da Doceria Mágica Âmbar e a beleza irreal de Kogetsu. Qualquer um que entrasse naquela loja iria querer acreditar em qualquer pequena possibilidade que fosse.

Não que eu estivesse me agarrando a algum tipo de feitiço, mas, enquanto "pequenas coisas boas" continuassem a acontecer, decidi acreditar no poder das balas.

Desde então tenho vivido uma sucessão de dias ótimos.

Minha sorte se manteve: ganhei um sorteio numa loja, caíram na prova questões idênticas às que eu havia feito na véspera, e muito mais. Foram todas coisas pequenas, mas suficientes para dar um colorido de alegria à minha vida monótona de estudante.

O cinema foi perfeito. Meu namorado até me deu de presente uma lapiseira igualzinha à dele, "para eu não me sentir sozinha até os exames acabarem". Era de um estilo mais simples e adulto do que as minhas, que em geral têm ilustrações de personagens de anime. Um presente inesperado num dia que não era uma data comemorativa me fez derramar lágrimas.

– Não imaginei que você fosse ficar tão feliz com o presente – disse meu namorado, surpreso.

No final de maio, chegou a época das provas de encerramento do primeiro período escolar.

Desde o anúncio da matéria que cairia nas provas, passei a notar os alunos na biblioteca e na sala de estudos mais tensos e parei de receber mensagens e ligações do meu namorado. Ali estava eu novamente precisando me segurar para não atrapalhá-lo com a minha ansiedade.

Durante o período de provas também aconteceram pequenas coisas boas, porém fui vencida pelo estresse dos exames e pela solidão de não poder conversar nem estar com ele. A essa altura, eu já tinha me acostumado com a rotina de sorte.

Eu estava muito cansada durante a última prova, suspirando enquanto resolvia as questões com a lapiseira que ganhara de presente. Talvez por ter me dedicado muito aos estudos para aliviar o tédio da solidão, tive um bom desempenho e não precisei ouvir reclamações de que namorar estava fazendo minhas notas caírem.

No último dia de aula, eu deveria estar me sentindo livre, mas meu coração permanecia pesado. Dali em diante haveria testes periódicos no cursinho do meu namorado e ele estaria ocupado se preparando. Lá, as turmas eram separadas por níveis, e quando o aluno tinha resultados ruins nos testes, era automaticamente transferido para uma turma de nível mais baixo.

No entanto, há uma diferença entre o inevitável e o intolerável.

Voltei para casa e deitei na cama, desanimada. Apesar de as provas terem acabado, eu não tinha vontade de fazer nada, nem mesmo ver TV ou ler um mangá.

Peguei o pote de balas e fiquei brincando com ele na palma da mão. Como eu vinha comendo uma por dia, já estava quase na metade.

Eu também estava um pouco decepcionada por me dar conta de que algumas coisas não podem ser resolvidas com pequenas alegrias. No início tinha me sentido invencível, mas agora não sentia mais tanto prazer.

De repente a voz de Kogetsu me veio à mente: "Mas você só pode comer uma por dia."

Eu vinha obedecendo fielmente essa regra, mas e se...? Kogetsu não tinha dito exatamente o que aconteceria caso eu comesse mais de uma no mesmo dia.

Se com uma por dia acontecia uma pequena alegria, então, se eu consumisse várias, teria uma surpresa fantástica, não? Esse pensamento não saía da minha mente.

Ignorando o motivo da proibição, foi ficando cada vez mais forte em mim o desejo de experimentar.

"Vá em frente, coma!"

Bastou o diabinho em meu coração sussurrar isso para que eu abrisse o pote, colocasse um punhado de balas na palma da mão e enfiasse todas na boca.

Minha boca estava tão cheia que eu mal conseguia mastigar. O sabor era tão doce que meus olhos marejaram.

Restaram poucas balas no pote, mas não me arrependi. Pelo contrário: sentia a mesma satisfação de quando nos enchemos de bolo para aliviar o estresse.

– Kana! Vem jantar! – ouvi minha mãe chamando do andar de baixo.

– Já vou!

Quando cheguei à sala, vi sobre a mesa de jantar meu prato predileto: frango cozido no molho de tomate, acompanhado de *taramo*, uma salada de purê de batatas com ovas de bacalhau. Minha mãe raramente faz essa salada, alegando que "demora muito".

– Que delícia, meus pratos preferidos! – exclamei, me sentando.

Minha mãe riu baixinho.

– Hoje não foi o último dia de provas? Fiz um jantar especial como recompensa por você ter se dedicado tanto aos estudos.

– Ah… Obrigada, mãe.

De fato, dessa vez eu tinha me dedicado por inteiro, mas me senti culpada por esconder da minha mãe a verdadeira razão. Seria meio constrangedor pedir conselhos a ela sobre como melhorar meu namoro.

Além do mais, tudo tinha sido efeito das balas. Quer dizer, eu só tinha dado sorte. Mas será que dali para a frente coisas maiores aconteceriam?

Meu pai chegou e se sentou conosco à mesa para jantar.

Em determinado momento, ele comentou, apontando para a TV ligada no noticiário.

– Vejam, isso é aqui na nossa cidade, não é?

– Hã?

Olhei para a TV. Na tela aparecia o nome de um curso que me era familiar.

– Caramba, o curso vai ser fechado por um tempo, por suspeita de fraude – comentou minha mãe. – Que horror! Algum amigo seu estuda lá, Kana? Kana?

Eu já não ouvia. O tal curso da notícia de suspeita de fraude era o do meu namorado.

– Não pode ser... – murmurei.

Meus pais se assustaram com minha expressão estarrecida. Fiquei pálida de repente. Nem consegui terminar de comer.

Quando eles insistiram, querendo saber por que eu estava daquele jeito, disfarcei:

– Só estou muito cansada, depois de tantas provas.

E fui para o meu quarto.

Desabei na cama, sentindo um arrepio por todo o corpo.

Aquilo também tinha sido por causa das balas? Por minha causa o curso do meu namorado talvez fosse fechado?

Eu havia pensado algumas vezes que, se não fosse o curso preparatório, nós dois poderíamos nos encontrar mais vezes. Voltaríamos juntos depois das aulas, nos falaríamos mais...

– Não... Não pode ser...

Eu nunca quis que acontecesse algo tão sério.

O celular apitou, informando o recebimento de uma mensagem. Peguei o aparelho morrendo de medo. Era do meu namorado.

O texto era conciso, nem parecia o estilo dele: "O curso vai ficar fechado por um tempo. Passou a notícia na TV." Também não tinha nenhum emoji. A mensagem transmitia um profundo desânimo.

Sem vontade de telefonar para ele, mandei uma mensagem falando que tinha visto a notícia e que estava preocupada.

Eu estava com medo. E o que aconteceria no dia seguinte? Será que tinha sido o efeito final das balas? Eu tinha comido muitas, então é claro que não acabaria por aí.

Não quero que mais nada de bom aconteça. Quero que esse efeito pare. Pensando assim, fui dormir tremendo.

Dia seguinte. Como não teria que ir para o curso, meu namorado me convidou para voltar com ele depois das aulas.

– Ainda não se sabe o que vai acontecer, mas se o curso fechar, vou procurar outro – disse ele, seco.

Mas era visível que ele estava tentando aparentar uma tranquilidade que não sentia. Embora risse do que eu falava e agisse naturalmente, no momento em que paramos de conversar eu vi de perfil seu rosto sério e pensativo.

Chegando à parte do caminho em que nos separaríamos, ele me convidou para estudarmos juntos na biblioteca no final de semana. Normalmente, eu teria ficado feliz com a ideia de passarmos um tempo juntos depois das aulas, ainda mais sendo fim de semana, mas não fiquei nem um pouco empolgada. De nada adiantaria ficarmos juntos se ele estivesse chateado.

Me lembrei das palavras de Kogetsu me advertindo a consumir apenas uma bala por dia. "Não nos responsabilizamos pelo que pode acontecer…"

Seria aquilo algum tipo de castigo? Um alerta para mim, que não conseguira me satisfazer com pequenas coisas boas e desejava que tudo se desenrolasse para minha conveniência?

Passei o dia temerosa, mas me senti um pouco aliviada quando as aulas terminaram.

Eu não tinha comido nenhuma bala, nem no dia anterior, e nada aconteceu. Talvez o efeito tivesse realmente passado. Com medo de deixá-las em casa, eu colocara o pote bem no fundo da mochila, e suspirei aliviada ao ver que ainda estava ali.

O resultado das provas, anunciado hoje, também estava dentro do que eu esperava em termos de notas e classificação. Fiquei feliz por ter tirado uma nota mediana em matemática, matéria em que sou fraca, mas ao mesmo tempo lamentei minha classificação baixa apesar de todo o meu esforço. Para me sair melhor, não adiantaria me empenhar somente na semana anterior às provas. Desanimei ao me dar conta de que não seria fácil entrar numa universidade.

Mas meu namorado estava empenhado desde que começara o terceiro ano e eu tinha certeza de que ele havia se saído bem.

No entanto, a expressão no rosto dele ao chegar ao nosso encontro, no portão da escola, era sombria.

– Kana, o resultado saiu? – ele foi logo perguntando.

– Ah, sim... Fiquei com uma classificação baixa, mas melhor do que na prova anterior. E você?

– Recebi o resultado ontem. Minhas notas melhoraram, mas caí na classificação geral.

Eu não esperava ouvir aquilo. Fiquei até sem palavras por alguns segundos.

– Sério? – consegui enfim expressar. – Mas você estudou tanto!

Ao contrário de mim, que só estudara de véspera, ele vinha se esforçando havia um bom tempo.

– Isso mostra que desde o início do terceiro ano não fui só eu que me empenhei. Foi ingenuidade minha achar que estaria garantido só por frequentar o curso...

Seu tom era autodepreciativo. De fato, desde que passaram para o terceiro ano os estudantes haviam mudado drasticamente. Ele sabia que não era o único a se esforçar. Mas também não podia prever aquele resultado.

– Pelo jeito que as coisas estão indo, é bem provável que eu precise desistir da minha primeira opção de faculdade e partir para outra. Se eu não conseguir entrar numa universidade pública, talvez eu não possa continuar os estudos.

– Não diga isso!

Instintivamente, minha voz se elevou. Ele já havia me contado que não tentaria faculdades particulares porque a família não teria como arcar com as mensalidades, mas por algum motivo eu acreditava que as coisas se ajeitariam porque, ao contrário de mim, ele é brilhante.

– Desculpa, estou sendo muito negativo – disse ele. – Confiei muito no curso, e talvez eu esteja mais tenso do que imaginava.

Ele falava com bom humor, mas seus olhos não sorriam. Era a primeira vez que eu o via assim. Notei também que ele estava com olheiras e com os cabelos desarrumados.

Eu me orgulhava de ter um namorado legal e sempre bem cuidado. Será que estava tentando me iludir, me fazer acreditar que ele era uma pessoa perfeita? Que para isso se mostraria forte em qualquer situação, sem jamais se queixar?

A realidade não era bem essa. Ele era um estudante colegial como eu, apenas um ano mais velho. Não havia como manter a serenidade após a notícia sobre o curso e sem ver resultados de todo o seu esforço.

– O que houve, Kana?

Ele me olhou espantado. Sem me dar conta, um turbilhão de lágrimas descia pelo meu rosto.

– Eu... Talvez seja tudo culpa minha.

Senti um arrepio e abracei meu próprio corpo, trêmula.

– Kana?

– Todo esse incidente envolvendo seu curso é culpa minha!

Eu soluçava. Meu namorado me conduziu pela mão até uma ruazinha pouco movimentada.

– Por que está dizendo isso? Fique calma e me explique.

Entre soluços, contei tudo sobre as balas misteriosas que comprara, sobre as várias coisas boas que tinham acontecido desde então, dos ingressos para o cinema. Tudo.

– Mas mesmo assim não me dei por satisfeita... Quebrei as regras e comi um montão de uma vez só! Só podia uma por dia! Meu desejo era voltar no tempo. Se eu pudesse, me impediria de comer aquele monte de balas de uma só vez, mesmo que para isso precisasse jogar tudo fora.

– Tudo por culpa da minha ambição! Não pensei que poderia fazer mal a você, só queria que a gente fosse feliz junto... Eu não conseguia entender que de nada adianta estar com alguém se a pessoa ao meu lado está infeliz... Me perdoe!

Despejei tudo de um só fôlego, quase sem respirar, e me agachei, segurando a mochila junto ao peito. Não tinha forças para permanecer de pé.

– Kana...

Ele parecia refletir, o semblante sério, sem zombar de mim nem se mostrar decepcionado.

– Você ainda tem essas balas?

– S-sim... Estão aqui comigo. Tive medo de deixá-las em casa.

Abri a mochila e peguei as balas que haviam sobrado. Meu namorado pegou o pote e observou com atenção o número de balas reduzido a ponto de dar para ver o fundo.

Será que ele acreditava em mim? Não seria nada estranho se ele gargalhasse daquela história tão absurda.

– Parecem balas comuns... Não tem etiqueta nem nada...

Ele abriu o pote e o levou ao nariz.

– Cheiro de menta – sussurrou. – Quer dizer que se comer uma por dia algo bom acontece?

– Aham.

Ele enfiou rapidamente a mão e, antes que eu pudesse impedi-lo, colocou uma bala na boca.

– Não, não faça isso! É impossível prever o que pode acontecer!

Me levantei apressada e arranquei o pote da mão dele.

– Calma – disse ele. – Se eu respeitar a regra de uma por dia, só vão acontecer coisas boas, correto?

– Sim, mas... mas...

Enquanto eu o observava, preocupada, mastigar a bala, o celular dele tocou.

– Desculpa, é o meu... É uma ligação do curso.

Ele pegou o celular do bolso da calça e, me pedindo licença, atendeu.

– Alô. Sim... Sim... Ah, sério!?

Eu não ouvia o que a pessoa do outro lado dizia, mas a voz do meu namorado se elevou e uma expressão de surpresa irrompeu em seu rosto.

Depois de desligar, ele se virou para mim e disse, radiante:

– Boas notícias! Falaram que a suspeita de fraude foi afastada e o curso reabre amanhã.

– Quê? Sério!? Isso é ótimo!

Pela notícia do dia anterior, não imaginei que as coisas fossem se resolver tão rápido. Ele estava corado de alegria.

– Vou me esforçar mais no curso. Preciso melhorar minha classificação geral.

– Sim... Que bom que tudo se resolveu logo.

Será que tinha sido por causa da bala?

Eu deveria ter feito isso desde o início. Se eu queria que nosso relacionamento melhorasse, nós dois deveríamos comer as balas. Mas não. Só pensei em mim mesma e nem me dei conta de que a solução era simples.

– Se o problema do curso foi resolvido, agora você não precisa mais se preocupar, certo?

Ele estendeu a mão, me chamando. Continuei de pé, parada que nem uma estátua.

– Eu finalmente entendi – falei. – Não sou uma boa namorada para você.

Ele ficou imóvel. Então, pronunciando as palavras lentamente, com o rosto distorcido pela dor, disse:

– Isso quer dizer... Você... Você não gosta mais de mim?

– Claro que gosto! Mas estou com muita raiva de mim mesma.

Ao cerrar as mãos, senti as lágrimas voltando.

– Eu te amo. Mas tenho medo de deixar minha ambição falar mais alto de novo e lhe causar novos transtornos... Eu me dei conta de como sou egoísta e infantil.

Ele me encarava. Enrijeci o corpo, me preparando para quando ele dissesse "Entendi. Vamos terminar, então", mas ele meneou a cabeça.

– Não. Eu também fui egoísta. Sabia que precisaria me dedicar integralmente aos estudos, mas não consegui dizer não quando você me revelou o que sentia por mim. Eu queria as duas coisas: me sair bem nas provas e ter você na minha vida.

– Mas...

– A gente se conhece há anos e eu sempre fui a fim de você. Você é encantadora.

De repente enrubesci e baixei o rosto. Não sabia que ele gostava de mim fazia tanto tempo quanto eu.

– No fim das contas, foquei tanto nas minhas próprias preocupações, nos meus medos, que não percebi que você se sentia sozinha. O ambicioso sou eu!

– Eu não imaginava ... Você sempre me pareceu tão calmo e seguro...

– Eu fazia de tudo para parecer tranquilo. Agora você vai me achar um fraco por eu ter falado essas coisas...

Naquele momento, ao vê-lo dar um sorriso melancólico, finalmente entendi que ele era um rapaz como qualquer outro, com medos e desejos, tristezas e alegrias.

– Não mesmo – falei. – Isso só me faz gostar ainda mais de você.

– Jura?

– Daqui para a frente, vamos resolver nossos problemas conversando, sem precisar de balinhas mágicas.

Enquanto eu me segurava para não chorar outra vez, ele me puxou levemente para si e me abraçou.

Seu peito, com a diferença de altura entre nós, permitia que eu me aninhasse nele, e me emocionei ao abraçá-lo.

Depois de alguns instantes abraçados em silêncio, nos separamos.

– Daqui em diante... em vez de sofrer sozinha, vou ser sincera com você.

– Fico feliz em ouvir isso.

Eu queria ser uma namorada compreensiva, tinha medo de que ele me achasse uma chata, e acabei metendo os pés pelas mãos. Esse foi o meu maior erro. Com certeza há muitos problemas que não posso resolver sozinha, mas que podemos solucionar juntos.

O que aconteceu depois? Não comi as balinhas restantes, preferindo distribuí-las. Dei uma para cada pessoa da minha família e para amigos. Quando eu dizia que "Essa bala faz algo de bom acontecer", todos ficavam animados, como se tivessem tirado a sorte grande.

É com esse tipo de sentimento que as balas devem ser consumidas. O simples fato de pensar no que pode acontecer de bom é divertido, e o próprio ato de imaginar isso é uma "pequena coisa boa" que se torna realidade.

– Tem certeza? – disse uma colega de turma, olhando para a bala sem colocá-la na boca. – É um item de sorte e você está abrindo mão dele.

– Tenho certeza. Quero que todos experimentem.

Para mim também será uma felicidade que uma "pequena coisa boa" aconteça para as pessoas de quem gosto.

Nesse dia, fui novamente ao santuário após as aulas. O caminho que se abria depois do átrio havia desaparecido. Árvores e grama haviam crescido novamente no espaço aberto.

Eu me questionei se a rua que percorrera naquele dia era real, se a Doceria Mágica Âmbar existia de verdade.

Talvez alguém astuto como uma raposa tenha me feito de boba.

Enquanto eu sussurrava isso para mim mesma, me veio à mente Kogetsu franzindo o cenho e exclamando: "Que ultrajante!"

No telhado do santuário onde a moça está, a silhueta de alguém é banhada pelo sol poente. Alguém que veste um *hakama* e tem orelhas e cauda de raposa.

– Na realidade, mesmo comendo um monte de balas de uma só vez, o máximo que acontece é uma pequena coisa boa, mas nada de ruim. Será que exagerei? – murmura Kogetsu.

Mas sua voz é alegre e ele não demonstra sinais de remorso.

– Quando alguém se sente culpado, atribui ao próprio comportamento qualquer coisa ruim que aconteça. Curioso.

Kogetsu semicerra os olhos. Sua cauda se movimenta, como se o ajudasse a refletir.

– Bem, vou fazer como de costume.

Quando ele ergue a mão no ar, o recipiente das balas sai flutuando da mochila da moça e, brilhando, vai pousar em sua mão.

– Mas quando se dá conta da própria ambição, o ser humano acaba repensando suas ações. É muito interessante.

Ele pega a única bala que resta no pote e sopra de leve. Num instante a cor lilás é revestida por um brilho âmbar.

– Agora tenho a amostra de mais uma emoção. Ainda preciso reunir mais.

Ao ver a moça vasculhar o interior da mochila e inclinar a cabeça em dúvida, Kogetsu desaparece com um leve sorriso no rosto.

2

O wasanbon da invisibilidade

— **M**uito prazer. Meu nome é Koguma e vou atender vocês.

Quando me apresentei e entreguei meu cartão de visita, o casal se segurou para não rir.

No cartão estava escrito Ayumu Koguma, da imobiliária Yamato.

Ao ler meu nome, quase todos imaginam um ursinho (*koguma*) caminhando (*ayumu*).

– Que nome simpático! – comentou a mulher.

– He he... – fiz. – É incomum, não? Sempre me dizem isso.

Repliquei dessa forma, mas sei que eles não estavam rindo por ser um nome bonito ou simpático.

Quando fui designado para trabalhar nesta filial da empresa, o gerente me deu uns tapinhas no ombro e disse: "Rapaz, chega a ser injusto ter um nome desse com a sua aparência. Mas é excelente para quebrar o gelo com os clientes!"

Sou pequeno e gorducho. Meu rosto é redondo e com feições um tanto infantis, que nem o de um ursinho ávido por mel – como o famoso personagem de livros infantis.

Eu poderia compensar isso se fosse ousado o bastante para rir de mim mesmo ou extrovertido e comunicativo. Mas não sou assim. E odeio a minha aparência.

Fui uma criança alegre, que não ligava para nada disso. A partir de um incidente na escola, passei a ficar num canto da sala de aula, me escondendo.

O que aconteceu foi que certo dia, na saída da escola, me dei conta de que havia esquecido algo na sala. Quando estava voltando, vi um grupo de alunas lá dentro, entre elas a menina de quem eu gostava. Deu para perceber que elas estavam falando sobre assuntos amorosos. Fiquei por ali e ouvi tudo por trás da porta, apesar de saber que era errado.

Elas fofocavam sobre os garotos da turma. Uma delas lançou:

– O que acham do Koguma?

– Koguma? Eca! Aquilo não é um garoto, parece que está fantasiado de mascote.

Quem disse isso gargalhando foi justamente a menina de quem eu gostava.

Aquilo não é um garoto, parece que está fantasiado de mascote. Ao ouvir isso, pela primeira vez me dei conta de que minha aparência era motivo de chacota.

Com minha autoestima ferida, minha juventude se tornou sombria a partir daí. Para evitar ser alvo de zombarias e bullying, assumi o papel de um garoto quieto e inofensivo, com sorrisos gentis, e assim fui me tornando especialista em não me fazer notar.

No início, até tentei algumas dietas para perder peso, afinal era o que eu podia mudar, mas meu rosto continuava redondo e meu físico, robusto. Quando eu emagrecia, o corpo apenas se reduzia ligeiramente e eu não chegava a ficar elegante. Meus amigos até se preocupavam: "Koguma, está tudo bem com você?", "Cara, você está parecendo doente". Assim, em vez de ser um nanico tristonho e abatido, acabei optando por ser um nanico rechonchudo e com ar saudável.

Vivi dessa forma sem grandes problemas até começar a trabalhar. Foi quando as coisas ficaram ruins novamente. Por algum motivo, minha primeira função na corretora de imóveis foi no balcão de atendimento ao público. Nas outras corretoras, quem recebia os clientes e fazia a triagem inicial eram moças ou rapazes bonitos, então eu me perguntava: *Por que me colocaram aqui?*

Ao cumprimentar um cliente e lhe entregar meu cartão de visita, quase sempre eu ouvia risos. Vivia deprimido por zombarem da minha aparência e do meu nome.

Na volta de um trabalho externo, eu caminhava meio que me arrastando. Apesar de já estar anoitecendo, o clima no final da estação das chuvas ainda era úmido e quente. Só de passar o dia fora, minha camisa se encharcava de suor.

– Talvez eu não sirva para esse trabalho... – murmurei para mim mesmo.

Hoje, um cliente loiro e grandão reclamou várias vezes que não conseguia me ouvir, de tão fraca que saía minha voz. Depois, quando fui mostrar um imóvel para uma cliente, ela riu ao me ver enxugar o suor do rosto com um lenço enquanto lhe passava as informações.

E o problema não é só o calor. Suo muito também porque fico extremamente tenso na companhia de mulheres, devido ao meu trauma com a menina da escola. Às vezes vejo as funcionárias olharem na minha direção enquanto conversam e já desconfio que estão falando mal de mim.

Dois anos se passaram desde que ingressei nessa empresa, recém-formado na universidade. Venho pensando em mudar de emprego, mas nunca vou adiante com meus planos, pois sinto que um sujeito como eu dificilmente arranjaria algo melhor. Tampouco eu poderia pedir transferência para outro setor: meu chefe jamais aceitaria. "Você é perfeito para atender clientes", me incentiva o gerente da filial, com o entusiasmo de um técnico de futebol. "Só precisa ser mais confiante."

É justamente esse o problema. Por ser inseguro, não tenho o mesmo desempenho de outros vendedores jovens como eu, porém com boa aparência. Não consigo ser assertivo como eles ao recomendar imóveis mais caros, afirmando "Este com certeza é o melhor!" ou "Se fosse eu, escolheria este". Quando um cliente está em dúvida e pede minha opinião, acabo dando uma resposta vaga: "Hum, acho que eu escolheria este... Se bem que este outro também tem seus pontos fortes..."

Ah, como eu gostaria de ser invisível! Talvez assim eu não ligasse para minha aparência e conseguisse mostrar minha verdadeira capacidade.

Não é pedir muito, é? Ora, não é como se eu quisesse algo absurdo como me tornar... bonito.

Como eu ia dizendo antes, hoje estava fazendo muito calor. No caminho de volta para a empresa, não encontrei nenhuma cafeteria ou lanchonete e já tinha tomado toda a água da garrafinha que levava comigo. Ainda restava um bom caminho a percorrer, e se eu não podia me refrescar, queria pelo menos me hidratar.

Enquanto eu resfolegava, me deparei com um santuário rústico. Já havia passado por ali inúmeras vezes, mas só agora o notava.

Vou entrar e fazer um pedido para os deuses. Assim aproveito e procuro algum lugar que tenha água. Pensando assim, subi os degraus de pedra que levavam até lá.

Cruzei o portal e avancei até o átrio. Talvez devido às inúmeras árvores em volta, havia muita sombra, o que me trouxe grande alívio. Olhando ao redor, porém, não vi nenhum bebedouro nem uma máquina de venda automática. Bem, eu não poderia esperar nada diferente, pois era um santuário pequeno, sem sequer uma secretaria.

No entanto, já que estava ali, poderia ao menos fazer uma oração. Depositei uma moeda na caixa de ofertas e me pus a refletir.

Pedi aos deuses que me tornassem invisível ou fizessem meu chefe me transferir de setor.

Com uma reverência, dei meia-volta e fiz menção de ir embora.

De repente, notei algo estranho e me voltei para o prédio principal do santuário.

O que era aquilo?

Árvores e grama cercavam todo o terreno, mas após o átrio havia uma área totalmente aberta.

Fui até lá, curioso para entender por que apenas ali estava descampado, e me vi diante de um cenário inesperado.

Num caminho que se estendia reto a partir do santuário

havia uma antiga rua comercial. Apesar de todo o entorno do santuário ser uma área residencial moderna, aquele caminho que surgira diante dos meus olhos tinha uma atmosfera retrô, como se tivesse parado no tempo.

Um aroma que evocava o de incenso se espalhou no ar, e um arrepio percorreu meu corpo. Eu só podia ter sofrido uma insolação, para sentir frio em um dia tão quente. Talvez ali encontrasse água em algum lugar.

Com a justificativa de que um pequeno desvio era tolerável naquela situação, entrei na rua comercial.

Meus sapatos de couro, acostumados ao asfalto, quase me faziam tropeçar no caminho de terra batida. Lojas margeavam ambas as calçadas, mas não havia letreiro em quase nenhuma e as vitrines muito escuras não permitiam ver seu interior. Uma estranha rua comercial sem comércio.

Decerto o lugar fora esquecido em meio aos arredores modernizados e residenciais. Algumas pessoas gostam de lugares assim, então, se fosse possível revitalizá-la, isso atrairia novas construções e novos clientes – ali estava eu analisando o local da minha perspectiva de corretor. Não sou bom no atendimento aos clientes, mas gosto dessa parte de prospecção e planejamento.

Mas o que seriam aquelas lanternas vermelhas e brancas? E os letreiros ilegíveis? Os símbolos pareciam uma mistura de japonês e chinês.

– Ah!

No meio do caminho, encontrei uma placa com dizeres compreensíveis: LIMONADA E BEBIDAS GELADAS.

Era uma loja com um pequeno balcão aberto na fachada.

– Com licença – falei, pela abertura na parte superior do balcão. – Gostaria de uma limonada.

Do interior mal iluminado, uma mão surgiu e colocou a garrafa azul-clara com limonada sobre o balcão.

– Nossa, que susto!

O atendente não falou sequer um boa-tarde. Será que era um funcionário como eu, que detestava atender as pessoas? Ou então um proprietário bastante desmotivado.

– Obrigado... Vou deixar aqui o dinheiro.

Coloquei uma moeda de 100 ienes sobre o balcão e decidi dar o fora dali bem depressa.

Abri a garrafa e bebi toda a limonada gelada de um só gole.

Agora que me sentia muito melhor, resolvi seguir mais um pouco pela rua misteriosa, imaginando se não haveria ali alguma propriedade que pudesse interessar à corretora.

No fim do caminho, deparei com uma loja iluminada por lanternas cor de pêssego. Fiquei deslumbrado vendo-a parecer se fundir com a luz alaranjada do crepúsculo. No letreiro estava escrito DOCERIA MÁGICA ÂMBAR.

A fachada era antiga, mas parecia ter sido polida e seu aspecto bem cuidado contrastava com a atmosfera de abandono das demais lojas. A porta de madeira ornamentada e as lanternas eram em estilo chinês, mas toda a construção era em estilo japonês. Achei o nome estranho, sem falar do aviso informando que a loja fechava "no primeiro dia de lua nova e no primeiro dia de lua cheia". Enigmático.

Como gosto de fachadas incomuns, fiquei morrendo de vontade de entrar.

Abri a porta tendo em mente que proprietários de lojas como aquela em geral são bastante peculiares. Logo imaginei um hippie barbudo com óculos de armação redonda.

– Bem-vindo.

– Ahh!!

Pulei de espanto ao ouvir uma voz gélida muito próxima da porta.

– Ah, me perdoe. Eu o assustei?

Ele se desculpou sorrindo e eu me surpreendi ao ver o jovem bonito que me recebeu. Seu cabelo loiro sedoso criava um belo contraste com o *hakama* de cor escura, que lhe caía surpreendentemente bem.

– Senti a presença de um cliente humano e fiz questão de recepcioná-lo direitinho, coisa que nem sempre faço. Mas se você se espantou tanto, é sinal de que ainda preciso melhorar bastante.

– Ah. Entendo – respondi vagamente.

A aparição inesperada do jovem e sua fala teatral não deixavam dúvidas de que era, de fato, um excêntrico.

– Meu nome é Kogetsu e sou o proprietário da Doceria Mágica Âmbar. Fique à vontade.

E, após me cumprimentar, ele foi se posicionar atrás do balcão nos fundos da loja.

É claro que um rapaz como aquele conseguia ganhar a vida mesmo com uma loja instalada em uma área comercial tão antiquada. Devia ter poucas preocupações. Eu o invejei.

Depois de me recuperar do susto, comecei a olhar os produtos no interior da loja. Numa prateleira que ficava na altura da minha cintura havia vários tipos de doces expostos sob a luz suave de uma lâmpada. Havia os doces japoneses de pasta de feijão-branco ou feijão-vermelho, como *nerikiri*, e do tipo *yokan*, feitos de amido de feijão, mas também outros mais comuns e baratos, como balas presas por cordões e caramelos. Havia uma estranha harmonia na aparente desordem, talvez por causa da plaquinha identificando cada produto.

Os nomes eram escritos a pincel sobre papel japonês, todos ligeiramente incomuns. As balas dentro de um recipiente transparente, por exemplo, eram "Balinhas açucaradas da ambição". Por que não apenas "*konpeitos*", que é o nome das tais balinhas? E o que tinham a ver com ambição?

Todos os produtos me intrigaram, mas acabei me detendo na frente da prateleira de doces feitos com açúcar *wasanbon*. Eram simples e tinham o formato de flores e de animais, acomodados dentro de uma caixa. A etiqueta dizia "*Wasanbon* da invisibilidade".

Fiquei surpreso. O produto parecia ter adivinhado meu desejo de me tornar invisível.

– Com licença – falei, me dirigindo ao rapaz, que permanecia no balcão. – Por que este doce se chama "*wasanbon* da invisibilidade"?

– O *wasanbon* se dissolve assim que o colocamos na boca, não é? Imagine como seria bom se pudéssemos desaparecer dessa forma…

Senti como se ele enxergasse dentro do meu coração com seus olhos dourados semicerrados.

Apesar de achar aquilo estranho, a vontade de comer o *wasanbon* era irresistível.

– Vou levar – decidi.

– Excelente escolha. São 500 ienes.

Embora a caixa fosse pequena, era um bom preço para aquele tipo de doce. Como eu provavelmente comeria tudo em um único dia, peguei mais uma caixa.

– Aqui está – disse Kogetsu, estendendo uma sacola de papel de cor sépia. – Não nos responsabilizamos pelo que pode acontecer...

Enfiei na bolsa a sacola com os *wasanbon* e, a passos rápidos, deixei para trás aquele lugar esquisito.

Depois me culpei por ter me deixado levar pela atmosfera do local e comprado duas caixas. Poderia ao menos ter escolhido doces diferentes.

Provei um primeiro *wasanbon* no dia seguinte, pela manhã. Tinha gosto de açúcar puro. Nem dava vontade de comer muitos de uma vez.

A caminho do trabalho, passei pela loja de conveniência onde costumava comprar lanches e o almoço.

Peguei um café, um isotônico e uma refeição congelada de carne e fui até o caixa.

Esperei um bom tempo, e nada de o atendente aparecer. O balcão estava vazio.

Tive que me dirigir a um funcionário que arrumava uma prateleira ali perto.

– Com licença... – comecei.

– Ah! – exclamou ele, arregalando os olhos. – Perdão, não tinha visto o senhor! Já vou passar suas compras.

O funcionário, um jovem com ar de estudante, pediu mil desculpas e foi para o caixa.

Bem, não é nada de mais, por isso não dei importância. Quando estava saindo da loja, ouvi um homem de idade, provavelmente o gerente, dar uma bronca no rapaz.

– Ei, como é que você não viu um cliente bem diante dos seus olhos?

– Eu... Eu estava olhando para o caixa, mas juro que não o vi.

– Isso é impossível!

Quando parei diante da porta automática, me virei discretamente e notei o jovem atendente com um ar pensativo, intrigado.

Outros incidentes estranhos continuaram a acontecer nesse dia, inclusive no meu trabalho.

A começar por meu chefe me procurando e perguntando "Cadê o Koguma?", embora estivéssemos na mesma sala. Eu estendia meu cartão de visita para os clientes, mas eles não esboçavam qualquer reação. O pior foi quando eu fiz um comentário casual com um colega na cozinha e ele se espantou, replicando:

– De onde você saiu, Koguma?

E eu já estava ali antes mesmo de ele entrar.

De início custei a acreditar, mas, à medida que os incidentes se acumulavam, comecei a achar que estava realmente me tornando invisível.

Quer dizer, não exatamente. As pessoas ainda podiam me ver, então o mais correto seria dizer que minha presença se tornou totalmente imperceptível.

Só podia ser o *wasanbon* da invisibilidade. Talvez o tal Kogetsu, o proprietário, fosse um deus. Isso explicaria aquela loja misteriosa e o aspecto irreal do rapaz.

No entanto, por mais que eu me mantivesse discreto no meu dia a dia, por mais que as pessoas só me notassem se eu falasse alguma coisa, minha presença sempre acabava se revelando em algum momento. Continuei sonhando com o dia em que eu não precisasse mais sequer pensar em como me viam.

Todos os dias eu comia um *wasanbon* antes de sair para o trabalho. Agora me sentia satisfeito por ter comprado as duas caixas. Se eu continuasse comendo um por dia, deviam durar um mês. Quando terminassem, bastaria fazer uma nova visita ao santuário.

Como os clientes mal notam a minha aparência, já não riem de mim nem do meu nome, então ficou muito mais fácil atendê-los. Consigo ser mais assertivo, algo que até pouco tempo atrás era extremamente difícil. Nunca imaginei que pudesse ser assim tão simples.

Os dias, que antes se arrastavam, se tornaram agradáveis. Até minha caminhada para o trabalho agora era animada.

Um dia, quando estava de pé como de costume ao balcão da corretora, reencontrei uma pessoa por acaso.

Quando viu meu cartão e confirmou meu nome, ela exclamou:

– Koguma! É você mesmo?

– Não acredito – falei. – Takada?

– Isso mesmo. Que surpresa! Não esperava encontrar você justo numa imobiliária. Quer dizer que você é corretor?

Era ninguém menos que a menina da escola que havia me traumatizado ao me chamar de "garoto fantasiado de mascote". Lamentei não ser totalmente invisível, mas não teve jeito, pois ela leu meu nome.

Embora dez anos tivessem se passado e ela agora fosse adulta, sua imagem era a mesma dos tempos da escola, com seus cabelos castanho-claros presos num coque e suas roupas esportivas.

– Então, está em busca de um novo apartamento?

– Sim, estou. Em breve vou me casar. Aliás, este é meu noivo.

O homem ao lado dela me cumprimentou com um aceno de cabeça e Takada sorriu timidamente.

– Ah, é? – falei. – Parabéns!

À primeira vista, eu tinha achado que eles fossem irmãos ou algo assim. Quando o observei, notei que ele também era pequeno e gordo e usava óculos no rosto de traços delicados. Era bem parecido comigo, na verdade. Logo ela, que tinha criticado com tanta ênfase minha aparência, agora pretendia se casar com um homem igual a mim!? Não fazia sentido.

De rostos colados, os dois analisavam diante de mim a planta baixa de um apartamento. Ocasionalmente trocavam opiniões e riam entre si, como um típico casal feliz antes do matrimônio.

Eu não pensava em nenhuma explicação convincente para o gosto dela ter mudado. Ele devia ser uma boa pessoa e com certeza isso falava muito mais alto.

– Mas, Koguma, você está tão diferente... Só soube que era você porque li seu nome no cartão.

– Acha mesmo?

– Hum... O que será? Olhando bem, sua aparência não mudou nada, mas você não passa mais uma impressão tão gentil como antigamente... Ah, desculpa!

Sua falta de delicadeza ao dizer coisas rudes sem o menor cuidado continuava a mesma. E pensar que na época do colégio eu achava atraente essa sua falta de filtro.

Fomos ver alguns imóveis. Levei os dois no carro da empresa para visitar apartamentos aconchegantes, perfeitos para recém-casados.

Em determinado momento, o noivo precisou voltar para o trabalho e me pediu que continuasse ajudando-a na procura por um bom imóvel. Sugeri lhe dar uma carona até sua empresa, mas ele disse que era perto e podia ir andando.

– Takada, ainda tem alguns apartamentos que gostaria de lhe mostrar, quer ver? – perguntei enquanto checava a planta baixa de um imóvel no meu fichário.

Estávamos apenas nós dois, mas pela primeira vez eu não me sentia nervoso.

– Claro. Ele me disse que posso bater o martelo caso algum me agrade.

Seguimos com as visitas. Em um dos apartamentos, quando eu estava mostrando o banheiro e o closet, Takada respirou fundo e disse, hesitante:

– Sabe, Koguma… tem uma coisa da época do colégio…

Meu coração emitiu um som desagradável quando uma cena do passado ressurgiu em minha mente: ela sentada na mesa escolar, as pernas estendidas balançando no ar, despontando sob a saia plissada do uniforme, caçoando de mim.

– Uma vez, depois da aula, eu… eu falei algo horrível sobre você, e acho que você ouviu.

Eu sabia que seria esse o assunto. Quis implorar com todas as minhas forças que ela não aumentasse ainda mais minha ferida, mas não consegui fazê-la parar.

– Na verdade… – continuou Takada.

– Ah, esquece isso! – eu a interrompi. – Já passou. Eu é que fico envergonhado por ter ouvido sua conversa.

Nada que ela dissesse poderia mudar o que tinha feito comigo. E eu sabia que as coisas ficam mais fáceis quando levamos na esportiva, então tentei encerrar o assunto o mais rápido possível. Mas ela insistiu:

– Me desculpe pelo que falei. Eu…

Takada parecia querer falar algo que lhe exigia algum esforço, porém, para que o clima não pesasse mais, abri um sorriso e me concentrei em ser estritamente profissional. Voltei a falar dos imóveis e das preferências dela e de seu noivo.

No final, Takada se encantou com uma propriedade que visitamos e, antes de ir embora, assinou uma promessa de compra.

– Obrigada por tudo, Koguma. Graças a você, encontrei o apartamento dos meus sonhos!

Não sei o que mais ela pretendia me dizer sobre o incidente na escola, mas depois percebi que seu pedido de desculpas aliviou um pouco o trauma dentro de mim. Acima de tudo, fiquei surpreso em saber que eu não tinha sido o único afetado por aquele incidente. Durante todos aqueles anos ela se sentiu mal com a lembrança de eu ter ouvido seu comentário cruel.

Mesmo assim, não tenho a intenção de descartar os doces mágicos. As coisas estão muito mais fáceis agora. Se as pessoas não me veem, não preciso me preocupar com a impressão que passo.

Tenho muitos hábitos na tentativa de contornar os efeitos da minha aparência. Mantenho o cabelo e a barba sempre muito bem aparados. Uso um forte desodorante antitranspirante para minimizar o suor e sempre tenho no armário uma muda de roupas e camisas para o caso de precisar trocar. Procuro não fazer barulho ao caminhar e automaticamente me encolho ao cruzar com alguém. Tomo todo o cuidado para não tocar acidentalmente nas funcionárias.

Mas agora não preciso mais de tudo isso. É maravilhoso viver sem precisar me preocupar com a reação das pessoas ao que veem em mim.

Por isso, continuo a comer o *wasanbon* todos os dias.

– Durante um bom tempo nossa filial se manteve no topo na região em que atuamos, mas desde o início do mês a quantidade de contratos reduziu e os números estão em queda – anunciava o gerente da corretora, com uma expressão grave.

Estávamos na reunião que fazíamos com todos os funcionários no final de cada mês. Eu ouvia com indiferença, pois meu resultado dificilmente havia caído. Afinal, agora eu estava mais confiante no atendimento aos clientes e o movimento parecia até ter aumentado. Eu não podia afirmar com certeza, mas estava convencido de que estava fazendo a minha parte.

Pensei, levianamente, que se havia um problema, não era por culpa de um funcionário específico.

Por isso, quando, ao final da reunião, o gerente me chamou para conversar em particular, eu esperava que ele fosse me elogiar.

– Sente-se, Koguma.

Mas por que ele estava com uma expressão tão séria?

Eu me sentei bem em frente ao gerente, na longa mesa. Ele continuou imóvel, o queixo apoiado nas mãos cruzadas. Um silêncio pesado e sufocante preenchia a sala, ocupada apenas por nós dois.

O gerente exalou um profundo suspiro enquanto coçava os cabelos penteados para trás e assentados com pomada.

Apesar de não me importar mais tanto com as outras pessoas, naquele momento eu me encolhi instintivamente. Bem, seria impossível minha personalidade mudar totalmente em menos de um mês.

– Nos últimos tempos você está diferente no modo de atender os clientes, não está?

Senti um alívio. Então era mesmo sobre isso que ele queria falar.

– Sim – respondi. – Seguindo sua orientação, agora sou mais incisivo, tenho mais confiança ...

Eu mal tinha acabado de pronunciar essas palavras que tinha na ponta da língua e o gerente começou a balançar a cabeça com veemência.

– Aí é que você se engana, Koguma. Eu o aconselhei a ser mais confiante, mas não desse jeito.

– C-como assim?

Perplexo, fiquei engasgado e não consegui pensar em nada para responder.

– Talvez eu não tenha sido claro. Eu jamais quis que você deixasse de ser quem é.

– Não estou entendendo...

– Relaxe e preste muita atenção no que vou lhe falar. Será uma conversa longa.

E, dizendo isso, ele começou a explicar calmamente.

Ali, eu tomei conhecimento de um fato incrível. Minha postura menos incisiva agradava os clientes mais reservados. Eu não insistia demais nem os pressionava, era ponderado e cuidadoso. Ciente disso, o gerente me encarregava de clientes com esse perfil.

Só que nos últimos tempos, por conta da mudança no meu estilo de atendimento, não tínhamos conseguido fechar tantos contratos como até pouco antes. Devido a isso, os números da nossa filial estavam caindo.

– Eu deixava nas suas mãos os clientes que os outros funcionários não conseguiam atender bem. Se os resultados da nossa filial eram bons, era porque você conseguia fechar contratos que em geral teríamos perdido. Isso porque você prestava um atendimento mais humano, que alcançava o coração dos clientes!

O gerente me encarava e falava em tom de repreensão.

– Eu não sabia... – murmurei, com a voz trêmula, ainda processando tudo aquilo.

Pensando bem... Realmente, me passavam poucos clientes com aparência e jeito mais intimidadores. E esses quase sempre ficavam sob a responsabilidade de algum funcionário bonitão.

O gerente nos atribuía os trabalhos em função de nossas personalidades, de acordo com os diferentes pontos fortes de cada um.

– É bom atender os clientes com autoconfiança, mas você não está esquecendo algo importante?

O olhar dele parecia me atravessar.

Procurei me lembrar do tipo de atendimento que eu fazia antes.

Eu explicava tudo muito detalhadamente, observando os clientes com atenção e me esforçando para identificar de que outras informações eles precisavam para tomar uma decisão.

Tudo isso dependia de uma observação minuciosa da pessoa. Eu não via isso como um "atendimento que consegue alcançar o coração dos clientes".

E como eu vinha agindo nos últimos tempos? Se a impressão que eu passava com a minha aparência não importava mais, será que eu não estava sendo um tanto displicente? Talvez não estivesse me esforçando o suficiente para agradá-los e atender suas necessidades. Desde que assinassem o contrato, nada mais me importava.

– Você reclama da sua aparência, mas, no mercado imobiliário, seu jeito amigável e inofensivo é um trunfo. O que eu falei sobre autoconfiança era para que você valorizasse isso em si. Não era para perder suas qualidades e se tornar outra pessoa.

– Ah...

Realmente, desde o início o gerente comentava que eu era perfeito para o atendimento. E eu não acreditava. Com meus pensamentos distorcidos, só conseguia enxergar o que tinha de negativo.

Quem implicava com minha aparência não eram os outros. Era eu mesmo.

– Eu, pelo menos, nunca vi nada errado na sua aparência. E acho que todos da filial também não. Sempre ouço as funcionárias reclamarem de mim, dizendo que eu deveria ser mais gentil como você.

Ao dizer isso, o rosto sério do gerente se abriu numa risadinha.

– Koguma?

Quando saí da sala do gerente, uma colega chamada Kazama veio me procurar. Com 24 anos, ela era um pouquinho mais nova que eu. Estava sempre alegre e sorridente, criando uma atmosfera agradável com sua presença.

Ela parecia estar vagando pelo corredor à minha espera, mas devia ser impressão minha.

– Soube que você foi chamado à sala do gerente. Está tudo bem? – perguntou ela, baixinho, depois de se certificar de que o chefe havia se afastado.

– Ah, sim… Pois é, ele me passou um sermão, mas foi bom. Agora me sinto renovado!

– Renovado?

Ela inclinou a cabeça, confusa, e, como não falei mais nada, começou a torcer as mãos. O que será que tinha dado nela?

– Você estava preocupada comigo? – perguntei, tentando entender.

– Hã… sim. Mas… não é só isso…

Ela começou a gaguejar e olhava para mim meio sem jeito.

Nessas horas eu não sou nem um pouco perspicaz.

Por fim, ela pareceu tensa como se tivesse decidido falar algo guardado havia um tempo.

– Então, você gostaria de sair para beber alguma coisa comigo hoje? Queria sua opinião sobre um assunto…

– Ah. Uma opinião? E tem que ser eu?

Eu estava confuso, porque nunca na minha vida uma mulher havia me convidado para sair para beber. Além do mais, sempre achei que ela me detestasse e que falasse mal de mim pelas minhas costas, porque às vezes a tinha notado olhando de esguelha para mim enquanto conversava com outras funcionárias.

Kazama cerrou os punhos e confirmou, convicta:

– Sim, precisa ser você.

Que assunto seria esse que ela precisava justamente da minha opinião? Com certeza não era sobre relacionamentos amorosos. Mas mesmo que ela quisesse minha ajuda para decidir se deveria mudar de emprego, eu não saberia como aconselhá-la.

No entanto, ela me olhava como se eu lhe inspirasse confiança. Não consegui recusar.

– Hum, entendi. Vou pensar aonde podemos ir.

– Obrigada.

Depois, descobrimos que nenhum dos dois bebia e por isso, em vez de um bar, acabamos decidindo ir jantar em um restaurante italiano.

– É a primeira vez que uma mulher me convida para sair – confessei a ela, com franqueza, quando o prato principal foi servido.

Kazama parou com o garfo a caminho da boca e arregalou os olhos.

– Sério? Mas você é tão gentil, deve fazer sucesso com as mulheres.

– Nem um pouco! Na época da escola, chegaram a dizer que eu parecia estar fantasiado de mascote.

Quando falei sobre o meu trauma, do qual agora conseguia rir, Kazama franziu fortemente as sobrancelhas e seu rosto assumiu uma expressão grave.

– Aposto que quem disse isso foi uma garota – comentou ela.

– Aham. Da minha turma.

– Será que não foi para disfarçar os sentimentos? Na realidade, ela devia gostar de você.

De tão surpreso, deixei cair o garfo no prato de macarrão. Um som metálico ecoou entre nós dois.

– Não, não foi isso! Quer dizer, não foi essa a sensação que eu tive.

Eu transpirava excessivamente e tomei toda a água do copo de um só gole. Agitado, acabei engasgando, para preocupação de Kazama. Definitivamente, eu não era nem um pouco elegante, era patético. Mas eu era assim. Em vez de querer parecer ser outra pessoa, não bastava encontrar o que havia de bom em mim? Acreditava que era isso que o gerente tentara me dizer.

– Aliás, seu convite me deixou feliz, porque eu poderia jurar que você não gostava de mim – falei, sem filtros.

– Quem? Eu? – Depois de apontar para si mesma e arregalar os olhos, Kazama disse timidamente: – Será que... você ficou sabendo que eu costumo falar de você com as outras garotas?

– Sim, eu costumo ver você conversando com elas e olhando para mim.

Kazama soltou uma exclamação e segurou a cabeça entre as mãos.

– Então você entendeu errado, desculpa... Não é isso. Eu não estava falando mal, e sim dizendo coisas como "Hoje ele está muito fofo" ou "Hoje eu tomei coragem e falei com ele".

– Hein?

Kazama baixou a cabeça, envergonhada.

– Bem, eu... eu gosto de você há muito tempo, Koguma... Falei que queria sua opinião sobre um assunto, mas foi só uma desculpa.

Pelo que entendi, ela tinha uma queda por mim desde que entrara na empresa.

Kazama era uma garota graciosa, e, por seu temperamento alegre, eu achava que ela tinha um namorado.

Falei, ainda incrédulo, que ela devia ter uma fila de rapazes muito mais bonitos que eu loucos por ela.

– Gosto de rapazes com um jeitinho tímido, como você. E também amo seu tipo físico, mais natural, gostoso de abraçar...

Essa foi sua resposta.

Naquele momento, repensei o comentário de Takada na época da escola e considerei que talvez fosse mesmo uma forma de esconder o que ela pensava de verdade. Mas ainda assim eu não conseguia entender como havia mulheres que gostavam de alguém com a minha aparência.

De qualquer modo, eu precisava falar alguma coisa, depois de Kazama revelar seus sentimentos de forma tão direta.

– Eu sempre me achei fora do padrão e esquisito... Por isso não sou muito bom com mulheres. Então será que podemos começar como amigos?

Meu coração batia forte, parecia prestes a saltar do peito. Até pouco tempo antes, eu não me imaginava capaz de dizer nem mesmo algo assim.

Sempre achei minha vida insignificante. Os últimos acontecimentos me mostraram o contrário.

Kazama corou, sorriu e respondeu:

– Será um prazer.

Naquela noite, joguei fora a caixa com os *wasanbon* restantes. Não precisava mais deles.

Como num irônico conto de fadas, ao me tornar invisível eu me dei conta de que tinha muito mais valor do que pensava.

Será que Kogetsu era realmente um deus?

E será que aquela loja realmente existia?

Contudo, nem pensei em retornar ao santuário para descobrir. Há coisas neste mundo que é melhor não saber.

Sobre o muro de um prédio residencial de dois andares onde se pode ver uma varanda, a silhueta de alguém de *hakama* é iluminada pelo luar.

Com suas orelhas e sua cauda de raposa balançando, Kogetsu murmura, com profundo interesse:

– As mulheres são tão perspicazes... Koguma não percebeu, mas Kazama tem razão: Takada de fato correspondia ao amor dele por ela. Ela deve ter dito aquelas coisas por pura vergonha.

Seus olhos dourados se semicerram e os cantos de seus lábios se arqueiam em um sorriso.

– Quando se reencontraram, se ele tivesse ouvido tudo que ela tinha a dizer, talvez seu destino tivesse tomado um rumo diferente... Bem, o importante é que os dois estão felizes.

Kogetsu estende a mão e, com um estalar dos dedos, o *wasanbon* que Koguma jogou fora aparece diante dos seus olhos. Ele sopra de leve e o doce em formato de flor de cerejeira é envolto em um âmbar transparente.

– Consegui mais uma amostra muito interessante. Mas é realmente cômico que as pessoas pensem que eu sou um deus.

Por trás das cortinas, uma figura se move. Kogetsu espera a luz do cômodo se apagar para só então desaparecer.

3

Monaka de castanha inocultável

oisas de que eu gosto: fotografia, gatos, novelas românticas, chá com leite. Adoro todos os tipos de doce, mas o sanduíche de frutas é o meu predileto. Algumas pessoas não conseguem aceitar que se coloquem frutas no pão, mas a combinação do sabor doce com o salgado é divina!

Nunca comentei isso com minhas amigas. Nunca falei que prefiro os gatos frajolinhas de olhos grandões e que, dentre as câmeras, as compactas são as minhas favoritas.

Posso falar que amo chá com leite, mas não digo qual marca ou que tipo de folhas uso. Elas não devem estar interessadas nesse tipo de detalhe.

Enquanto a conversa se mantém leve, eu participo normalmente. Quando se torna profunda, eu me calo. É mais fácil apenas ouvir e assentir.

Minhas colegas de faculdade dizem que eu "vivo no mundo da lua" ou que "ando sempre com a cabeça nas nuvens", mas a questão não é essa. Eu apenas não encontro as palavras.

Quero expressar minha opinião sem ser influenciada por ninguém. Quero revelar meus sentimentos mais profundos. Mas não sei se é isso que minhas amigas desejam ouvir, pois elas só conseguem rir e falar coisas vagas como "Você é muito doidinha, Yui".

Primeira aula do dia. Logo que chego à sala, vejo minhas amigas acenando de longe.

– Yui! Vem pra cá!

Elas guardaram um lugar para mim.

– Bom dia, Yui – diz uma delas. – Ah, essa combinação de blusa listrada com saia de pregas ficou linda!

Essa menina de cabelos castanhos ondulados é a linda, deslumbrante e elegante Saya.

– Bom dia – diz a outra. – Não esqueceu nada hoje?

Essa de cabelos pretos curtos e roupas meio masculinas é a descolada Reo, também linda.

Comparada às duas, sou uma garota comum, apenas mais uma universitária. Temos a mesma idade. Não sei como, mas elas sempre conseguem achar as roupas e maquiagens perfeitas. Só comecei a usar maquiagem depois de entrar para a faculdade e ainda é uma sucessão de tentativas e erros. Também não consigo me acostumar a ter que escolher roupas todos os dias, em vez de usar uniforme. Seria tão bom se, num passe de mágica, eu me tornasse estilosa como as modelos!

Nós três somos totalmente diferentes, tanto em aparência quanto em temperamento, mas por alguma razão nos tornamos inseparáveis desde que ingressamos na universidade. Saya não tem papas na língua. Reo não é de falar muito sobre si, mas é uma boa ouvinte. E eu faço o gênero engraçadinha de cabeça oca – as duas vivem rindo de mim.

Faz pouco mais de três meses que começamos a faculdade.

Aos poucos me acostumei com a rotina de aulas, e justo quando nossa amizade tinha se solidificado, Saya arranjou um namorado. Ele é um jogador sênior da equipe de tênis do clube que ela frequenta. Eu ficaria feliz por Saya estar namorando se ela não tivesse mudado. Desde que eles se conheceram, ela não tem outro assunto.

No início, eu a ouvia tranquilamente, imaginando que era normal tamanha empolgação. Ela devia estar realmente apaixonada. Saya contava, por exemplo, da surpresa que ele tinha feito no aniversário de um mês de namoro, levando-a a um restaurante que ela havia mencionado em um encontro anterior, e coisas do tipo. Ficava se exibindo por tudo de maravilhoso que ele fazia.

Até que uma nuance diferente começou a se infiltrar nesse seu orgulho.

– Yui, se você não se arrumar, vai ser difícil arranjar um namorado – dizia ela. – Você também, Reo, precisa se vestir de um jeito mais estiloso!

Ou então:

– As minhas amigas se relacionam com rapazes do mesmo ano, mas os mais velhos são bem melhores! Os calouros não têm carro nem grana, então por que dar atenção a eles?

Eu me sentia pouco à vontade quando ela falava essas coisas, tratando as pessoas com descaso, ou quando dizia que eu não arranjaria um namorado se não mudasse meu visual. Quem disse que eu quero namorar?! No momento não tenho necessidade alguma de ter um relacionamento. Eu detestava que ela falasse como se eu estivesse desesperada atrás de alguém.

Nessa mesma época, eu estava assistindo a uma novela cujo

tema era a rivalidade feminina. Ouvir os diálogos, em que as personagens se vangloriavam e indiretamente diminuíam umas às outras, me fez abrir os olhos. *Talvez Saya tenha essa intenção*, pensei. Na ocasião eu não dei muita importância, mas, com o tempo, meu desconforto foi aumentando.

No entanto, eu era incapaz de dizer a Saya "Você está nos magoando" ou "Não quero mais ouvir você se gabando de ter namorado". Não queria estragar nossa amizade. Como não sou do tipo que expressa opiniões, elas poderiam ficar com raiva de mim se de repente eu falasse algo do tipo.

Talvez eu não me sentisse tão mal se conversasse com Reo sobre isso, mas ela também ouvia calada. Eu não sabia o que ela pensava.

Assim, desconhecendo as verdadeiras intenções de Saya em se vangloriar o tempo todo e os reais sentimentos de Reo, eu acabava ficando chateada sozinha.

Eram amigas que eu tinha feito logo no início da faculdade. Eu as respeitava e valorizava nossa amizade. Embora as coisas não estivessem indo bem entre a gente, queria poder conversar francamente com elas. Sinto que elas não me consideram uma amiga tão valiosa como elas são para mim.

Naquele dia, recusei o convite de Saya e Reo para ficar conversando depois das aulas e fui ao santuário próximo da universidade. Era um local pequeno e antigo, mas eu tinha ouvido dizer que muitos gatos de rua residiam ali. Como fotógrafa e amante de felinos, eu estava doida para tirar fotos deles. Se eles me deixassem acariciá-los, nem que fosse só um pouquinho, eu ficaria muito feliz.

Subi os degraus de pedra, atravessei o portal e avancei até a frente do prédio principal. Vaguei um tempinho por ali, à procura de algum gato, até que vi uma bolinha de pelo preto saindo furtivamente de baixo do beiral.

– Oi, lindinho!

O gato preto de olhos amarelos veio se esfregar em mim, miando. Instintivamente esqueci a câmera e me concentrei em fazer carinho nele.

– Ah, não posso ficar com você. Preciso fotografar.

Em geral, gatos pretos saem nas fotos com a carinha toda escura e não dá para distinguir sua expressão. Por isso, é importante procurar um local com luz natural e muita claridade. Como já era de tardinha, seria difícil aumentar a luminosidade do ambiente, mas, com o céu alaranjado, devia ser possível tirar algumas fotos legais.

– Ei, gatinho, olhe para cá!

Fiz *psi-psi*, mas ele se virou para o outro lado, aparentemente cansado de carinho. Depois de olhar para mim uma última vez, ele fugiu em direção aos fundos do átrio.

– Espere! – falei.

Fui atrás dele e de repente me vi num estranho espaço aberto. Por algum motivo, apenas ali não havia as árvores altas que circundavam o santuário.

Que lugar é este?, pensei.

Curiosa, avancei um pouco. Foi então que vi um caminho reto ladeado por construções antigas que se estendia a partir do terreno do santuário.

Hã?

Era uma rua comercial. Desde meu ingresso na universidade, eu acreditava ter conhecido tudo que havia nos arredores, mas não tinha ouvido falar de uma área como aquela.

– Será que o gato foi por aqui…?

Não havia ninguém por ali, nenhum som se ouvia. Talvez fosse uma rua fechada. Mas as construções antigas, de estilo retrô, poderiam ser um cenário interessante para fotos.

Fui dar uma olhada.

Se eu encontrasse alguma loja legal, contaria para Saya e Reo e voltaríamos ali juntas.

Empolgada com o cenário recém-descoberto, segui pela rua.

Porém, após a empolgação inicial com o "estilo retrô" do lugar, notei que a maioria das lojas estava fechada e comecei a achar estranho.

Outra coisa assustadora era não conseguir distinguir o que algumas delas vendiam, porque o letreiro não estava escrito em japonês. Para completar, sem iluminação pública, as lanternas vermelhas e brancas criavam uma atmosfera sombria.

Entre as lojas, um estúdio de fotografia me chamou a atenção. A fachada de aparência antiga e ocidental se destacava naquela rua comercial repleta de construções de estilo japonês. Na vitrine voltada para a rua estavam expostas várias fotografias em sépia, provavelmente antigas.

Ao me aproximar para olhar, percebi algo esquisito: as pessoas nas fotos estavam todas fantasiadas. Tinham orelhas e cauda de raposa ou estavam vestidas de *kappa*, o mítico anfíbio dos rios. Todas vestiam quimono ou *hakama*. Antigamente o halloween não era algo difundido no Japão, então de que evento seriam aquelas fotografias?

Decidi entrar para perguntar isso, mas a porta não cedeu nem um milímetro sequer. Bem, fazer o quê? Segui em frente.

Só então me lembrei do gato preto. Eu tinha entrado ali só para ir atrás dele, mas não o via em parte alguma.

E assim cheguei ao final da rua, sem ter achado o gato nem descoberto nenhuma loja interessante.

Porém bem ali avistei uma loja de aparência interessante, com um letreiro que anunciava DOCERIA MÁGICA ÂMBAR.

– Ah! Isso parece bom.

O design da porta combinava os estilos japonês e chinês e as lanternas eram cor de pêssego. Também gostei da excentricidade do local de não abrir no primeiro dia de lua nova e no primeiro de lua cheia, como dizia um aviso na entrada. Adoro locais com esse tipo de conceito exclusivo.

As luzes lá dentro estavam acesas, então o local estava funcionando. Abri a porta, animada.

– Bem-vinda – disse uma voz límpida.

Um rapaz de beleza impressionante surgiu dos fundos da loja.

Ele tinha cabelo loiro sedoso e olhos dourados. Vestia um *hakama* de cor escura. À primeira vista, era um estilo excêntrico, mas combinava bem com a atmosfera misteriosa do lugar. Era a primeira vez que eu via uma pessoa de olhos dourados. Seriam lentes de contato? Mas o cabelo dele era loiro até a raiz, sem dúvida não era pintado.

– Ah, olá! Boa tarde – respondi.

Fiquei aliviada ao ver que os produtos expostos eram doces

japoneses simples e baratos. Até eu poderia comprar alguns. Acho que ficaria constrangida se fosse uma confeitaria chique e sofisticada.

– Meu nome é Kogetsu e sou o proprietário da Doceria Mágica Âmbar. Fique à vontade.

Ele se curvou em um cumprimento e, não sei por quê, se manteve um pouco afastado.

Apesar da beleza encantadora do proprietário, meu olhar logo foi atraído para os muitos doces.

Daifuku, *yokan*, *omanju*… Todos pareciam deliciosos. Por que será que, no instante em que vejo algo doce, logo penso: "Hum, era justamente o que eu queria"? Até um segundo antes eu nem estava pensando nisso, mas de repente meu corpo desejava açúcar intensamente.

Os doces ali tinham nomes estranhos. "Balinhas açucaradas da ambição", "*Wasanbon* da invisibilidade" e outros que nada tinham a ver com doces. Apesar de não compreender bem o significado, esse lado misterioso combinava com o clima da loja. Afinal, era a "Doceria Mágica".

Peguei vários doces só para ver os nomes inusitados, mas um deles me chamou a atenção instintivamente. Era "*Monaka* de castanha inocultável".

– "Inocultável"… Como assim? – murmurei.

Levei um susto com a voz que veio lá dos fundos:

– A castanha pode ficar oculta no *monaka*, mas há coisas que é melhor não esconder, concorda?

Então eu havia sido ouvida, embora tivesse falado apenas para mim mesma. Kogetsu agora estava ainda mais longe.

Intrigada, não me segurei e perguntei diretamente:

– Desculpa, mas por que você fica tão longe assim?

Será que eu estava cheirando mal? Disfarçadamente, dei um jeito de aproximar o nariz da minha axila e, ufa!, senti o perfume do desodorante.

– Uma vez falei muito próximo a um cliente e ele se assustou… Desde então mantenho distância. Exagerei?

Kogetsu inclinou a cabeça em dúvida. Parecia realmente não saber que seu comportamento era um pouco estranho.

– Mesmo de longe você ouviu o que eu disse. Talvez seja um pouco estranho, sim…

– Entendo. Humanos têm uma noção de espaço complexa, não?

Seria ele do tipo de pessoa que tem dificuldade de compreender os padrões sociais? Sem entender direito o que ele queria dizer, mas sem querer prolongar o assunto, apenas concordei e voltei a olhar os produtos.

Eu sentia uma grande força me atraindo para o tal "*Monaka* de castanha inocultável".

– Vou levar estes – decidi.

Era uma caixa com três unidades. Kogetsu recebeu o pagamento batendo nas teclas duras da antiga caixa registradora e enfiou a embalagem em uma sacola de papel de cor sépia.

– Obrigado. Não nos responsabilizamos pelo que pode acontecer.

No fim das contas, não achei mais o gatinho preto. E, de tão distraída, nem tirei fotos da misteriosa rua comercial. Então, de que tinha servido a ida ao santuário? Meu único proveito foi o *monaka* de castanha, que parecia delicioso.

Comi o primeiro no café da manhã no dia seguinte. Era delicioso, mais do que eu imaginara, com a casquinha crocante e grandes pedaços de castanha dentro. Fiquei feliz também porque o recheio doce não era feito de feijão-branco, mas de feijão-preto, bem diferente do que costumo comer.

Chegando à universidade, encontrei Saya no portão.

– Yui, bom dia!

– Bom dia, Saya!

Seguimos juntas até a sala de aula.

– Nossa, hoje está tão quente, não acha?

Saya conseguia ficar linda mesmo enxugando o suor da testa. Ela tinha a pele reluzente, e a sombra e o batom que usava naquele dia lhe davam um ar adulto. Suas roupas também estavam diferentes do que ela costumava usar: sem mangas, deixando os ombros descobertos. Saya dizia que sentia muito frio na faculdade, por causa do ar-condicionado.

Achei legal equilibrar a peça superior mais reveladora com uma saia longa, de corte assimétrico. Eu jamais pensaria nesse tipo de combinação.

Se ela estava tão arrumada, provavelmente era sinal de que encontraria o namorado naquele dia. Ainda pensando sobre os detalhes que eu vinha aprendendo sobre como me vestir, acabei falando em voz alta:

– Saya, sua maquiagem e sua roupa estão lindas. Seu visual está adulto e descolado. Vai encontrar seu namorado hoje?

Saya arregalou os olhos.

– Caramba. Obrigada, Yui. Que engraçado, você nunca percebe quando eu mudo a maquiagem.

Não é que eu não perceba, apenas não comento. Até porque Saya está sempre bem-vestida e estilosa.

– Mas você não vai sentir frio com essa blusa? Quer um casaco emprestado durante a aula?

De novo o que eu pensava saiu pela minha boca sem que eu me desse conta. Em geral, levo algum tempo até conseguir expressar meus pensamentos em palavras.

– Eu trouxe um cardigã – respondeu ela, pegando na bolsa a peça off-white para me mostrar.

– Ah, sim – falei, aliviada. – Que bom.

Saya me abraçou.

– Obrigada, Yui! Eu estava meio insegura com meu look hoje, e você me deu confiança.

– Jura?

Foi minha vez de ficar espantada. Afinal, Saya sempre me criticava, dizendo que eu era desleixada e sem refinamento.

– Lógico! O julgamento de uma amiga é muito mais confiável que o de um namorado. Homens não prestam atenção em detalhes. Não sabem nem diferenciar as cores direito...

Era curioso ver que Saya, apesar de reclamar que os homens não notavam esse tipo de coisa, se produzia bastante para encontrar o namorado. É natural que a gente queira se mostrar o mais bonita possível para quem amamos. Mesmo sendo solteira, eu entendo esse desejo.

– A sombra e o batom não estão chamativos? – perguntou ela. – Acho que ficou mais carregado do que eu pretendia...

– Você costuma usar tons claros, mas a cor mais escura também cai muito bem em você. Eu gostei.

– Uau, ganhei o dia! Mesmo que meu namorado ache minha maquiagem pesada, vou poder dizer a ele que estou pouco me lixando, porque minha amiga adorou!

Saya parecia realmente feliz.

Senti um alívio no peito. Uma brisa agradável passou por todo o meu corpo.

Foi bom eu ter falado com sinceridade. Foi bom dizer como ela estava bonita e que tinha bom gosto. Ninguém fica chateado com um elogio.

Naquele dia, surpresa com a reação de Saya, decidi que dali em diante faria questão de expressar com mais frequência o que eu sentia e pensava.

Encontrei Reo na fila do refeitório, ao fim das aulas da manhã. Costumo comprar meu almoço na loja de conveniência do campus, mas hoje decidi comer ali.

– Hum… *Udon* quente ou frio, qual eu vou querer? – Reo, normalmente muito decidida, hoje não sabia o que escolher.

– Não seria melhor optar pelo quente, já que você não está se sentindo muito bem? – sugeri.

Dessa vez, meu pensamento e minhas palavras ocorreram simultaneamente.

– Quer dizer, se você… – emendei, tentando me justificar.

Reo me encarava espantada.

– Pior que estou mesmo com cólica. Como você soube?

– É que durante a aula você tomou um analgésico. E agora está meio pálida.

Enquanto eu me enrolava para explicar, Saya, que estava atrás de nós na fila, me puxou de leve.

– Yui, o que está havendo com você hoje? Do nada começou a notar coisas pequenas.

– Não faço ideia…

A bem da verdade, nem eu entendia. O que estaria acontecendo comigo? Parecia que minha boca se tornara uma criatura com vida própria.

Reo sorriu docemente para mim. Não era muito do estilo dela, que geralmente fazia o tipo durona e descolada, então aquela expressão aberta de afeto me deixou um pouco nervosa.

– Vou optar pelo *udon* quente, como você sugeriu! Obrigada por se preocupar.

– Que bom…. – respondi, evasiva, me lembrando do *monaka* de castanha que comera de manhã.

E das palavras de Kogetsu: "A castanha pode ficar oculta no *monaka*, mas há coisas que é melhor não esconder, concorda?"

Será que o "*monaka* de castanha inocultável" tinha esse nome porque tornava a pessoa que o comesse incapaz de esconder seus reais sentimentos? Será que era por causa dele que eu estava tão esquisita?

Depois de receber nossos pratos, fomos nos sentar. Tive a impressão de que Saya estava mais sorridente do que de costume. Reo falava de um jeito mais animado. Será que era porque *eu* tinha mudado?

Pensando bem, mesmo se fosse por culpa do *monaka*,

não era algo ruim. Pelo contrário: hoje estava tudo indo bem entre a gente. Fiquei feliz em falar coisas que normalmente eu achava que deveria guardar para mim.

Além do mais, provavelmente aquilo não duraria muito. Tinha a leve sensação de que, ao acordar no dia seguinte, voltaria a ser a mesma de sempre.

Então por que não aproveitar, pensando que me tornara uma pessoa diferente apenas por hoje?

Tendo decidido isso, me bateu uma fome súbita e me concentrei em comer a refeição à minha frente.

Depois das aulas, nós três fomos à cafeteria da universidade.

Para frustração de Saya, seu namorado cancelou o encontro.

– Depois de tanto trabalho para me arrumar... – lamentou ela.

Saya não parava de reclamar, irritada.

– Não esquenta – disse Reo, serenamente, tomando seu chá gelado. – Vocês se veem toda semana.

Isso não melhorou em nada o humor de Saya.

– Mas não é uma droga? Eu estava ansiosa pelo nosso encontro desde cedo. Aliás, no outro dia...

E Saya recomeçou todas as lamúrias que já ouvimos milhões de vezes. Em geral, nessas horas Reo e eu apenas escutamos, caladas, porém...

– Mas, Saya, da última vez que ele cancelou ele não te deu um presente para compensar? Dessa vez ele também pode estar planejando alguma surpresa!

Era a primeira vez que eu interrompia as reclamações de Saya para acalmá-la. As duas por um instante ficaram paralisadas, surpresas.

– É mesmo… você tem razão.

Fiquei aliviada ao ver que Saya se convenceu com facilidade, mas, em compensação, ela começou a se vangloriar do namorado. Embora fosse melhor do que as reclamações, eu já estava farta de ouvir várias vezes aquelas mesmas coisas. Não sabia mais o que fazer.

– Vocês duas deveriam arranjar um namorado também! – brincou Saya.

A mesma ladainha de sempre. Ao meu lado, Reo suspirava.

Reo sempre faz cara de quem está farta dos comentários arrogantes de Saya sobre sua vida amorosa, pensei. *Talvez esses suspiros reflitam seu estado de espírito de uns tempos para cá, não só de hoje. O que será que ela pensa?*

– Hein? – exclamou Reo, e, arregalando os olhos, voltou o rosto para mim.

– O que você quer dizer com isso?

Saya parou de falar, olhando alternadamente para mim e para Reo.

Eu tinha falado tudo aquilo em voz alta? Meu Deus! Justo sobre um assunto tão delicado!

– Não, quer dizer, não é bem assim…

Tentei voltar atrás, mas foi em vão. Saya inclinou o corpo para a frente e perguntou, incisiva:

– Reo, você sempre fica incomodada em me ouvir falar?

Enquanto Saya nos encarava com uma expressão ansiosa, Reo assentiu calmamente.

– Fico, sim!

– O quê?

Incrédula, Saya ficou sem palavras por alguns instantes. Depois, seu rosto começou a ficar vermelho de raiva.

E agora, o que fazer? Por causa das minhas palavras impensadas, as duas estavam prestes a brigar.

– Esperem! Fiquem calmas!

Elas me encararam.

– Na verdade, a culpa é sua!

Saya cruzou os braços e arqueou as sobrancelhas. A expressão de Reo também era séria. As duas estavam nitidamente irritadas.

– Desculpa... Eu... Ah, sim! Eu trouxe uns *monakas* de castanha deliciosos. Querem experimentar?

Coloquei na mesa a caixa com os doces, que enfiara na mochila de manhã para fazer um lanchinho caso batesse fome. Foi uma boa desculpa para desviar o assunto da conversa.

– Mas só tem dois...

– Eu já comi um de manhã. Peguem.

Abri um sorriso, empurrando a caixa na direção de Saya e sentindo o clima melhorar um pouco.

– Eu bem que estava mesmo querendo algo doce. Vou aceitar um...

– Ah, eu também.

As duas fizeram altos elogios aos *monakas*. "Que delícia!", "O recheio de feijão está perfeito!". Foi um grande alívio.

– Ué, você não falou que eram *monakas* de castanha? O meu parece que não tem castanha nenhuma – falou Saya, observando mais de perto.

– O meu também – emendou Reo.

– Sério? Que estranho... O que eu comi tinha.

Elas me mostraram o *monaka* mordido e de fato não havia castanha no recheio. O meu tinha uma enorme.

– Você deve ter comprado do sabor comum, por engano.

– É bem a sua cara!

– O quê?

Eu poderia ter me enganado caso fossem vendidos separadamente, mas os três vinham na mesma caixa. A não ser que Kogetsu tivesse se confundido e misturado os tipos.

– Voltando ao nosso assunto de agora há pouco... – retomou Reo, depois de terminar o doce e tomar um gole do chá gelado. – Eu não preciso de um namorado agora. Estou gostando da faculdade e para mim é mais importante fazer estágio e me divertir com minhas amigas. Fico de saco cheio toda vez que você fala sobre seu relacionamento, Saya, por causa dessa sua insistência para que a gente arranje um namorado também.

Reo disse tudo isso num fôlego só. Quando terminou, baixou os olhos, arrependida.

– Eu não queria dizer essas coisas...

– Quem você pensa que é para falar assim?

Saya se inclinou sobre a mesa, furiosa. Segurei seu braço, às pressas, tentando impedir que ela fizesse alguma besteira.

– Ei, não precisa disso!

Será que o doce tinha surtido efeito também em Reo? Parecia real seu poder de fazer as pessoas não conseguirem esconder seus sentimentos e pensamentos. Se fosse isso mesmo, então Saya também...

– Pois fiquem sabendo que não é nada fácil para mim. Vocês acham que eu gosto de falar dele o tempo todo?

– Como assim?

Agora eu estava preocupada. Se o *monaka* surtisse efeito em Saya, ela se exaltaria ainda mais, e eu temia aonde tudo aquilo ia dar. Porém a conversa começou a tomar um rumo inesperado.

– Eu não tenho nenhum hobby interessante como a Yui, que tira fotografias incríveis, nem a sua autoconfiança, Reo. Se não fosse pelo meu namorado, eu não teria nada para contar. Por isso eu só falo dele! Vou falar sobre o quê? Sinto que meu valor é ser a única de nós que tem um namorado...

Eu e Reo nos entreolhamos, admiradas por ouvir pela primeira vez como Saya realmente se sentia.

Logo ela, tão alegre e empolgada, tinha a autoestima tão baixa? Não podia ser.

– Mas você é linda... Está sempre cheia de energia, contagia todo mundo... Entende tudo de moda...

– Eu só copio o que vejo na internet! Hoje em dia a gente encontra vídeos com tutoriais detalhados de como se maquiar. Eu só sei imitar outras pessoas!

Saya suspirou, com um semblante cheio de amargura. Eu jamais imaginaria ouvi-la dizer algo parecido.

– Mas é algo que você gosta de fazer, não é? É como o meu hobby de fotografia... – falei.

Reo assentiu.

– Também acho. Você está se diminuindo demais. Os vídeos não fazem milagre, é óbvio que você tem jeito para essas coisas. Para mim, por exemplo, é algo impossível.

– Para mim também – falei. – É muito trabalhoso e não consigo pensar nas combinações que funcionam, muito menos me maquiar e arrumar o cabelo de um jeito estiloso... Você é incrível, Saya! Sem contar todas as suas outras qualidades.

– Vocês acham mesmo?

Saya parecia menor que o normal, a expressão inquieta.

Ela tinha revelado seus verdadeiros sentimentos. Eu senti que também deveria abrir meu coração, ser sincera com as amigas de quem tanto gostava.

– Você diz que não tem o que contar, mas eu nunca te achei chata, muito pelo contrário! Gosto de você, e sempre vou gostar de ouvir você contar suas histórias, sobre seu dia, sobre si mesma, o que quiser.

– Yui...

Reo sorriu para a chorosa Saya.

– Eu sinto o mesmo. Qualquer coisa que você falar sobre sua vida, qualquer que seja o assunto, eu vou achar interessante, porque você é maravilhosa!

As palavras de Reo me emocionaram. Tive vontade de chorar, comovida.

– Isso é lindo, Reo. Com esse seu jeito descolado, às vezes eu ficava insegura, me perguntando se você realmente gostava de nós.

Reo meneou a cabeça.

– Eu não sou tão confiante quanto pareço. Como não sou boa com as palavras, fico mais na posição de ouvinte. Meus pais diziam que nunca sabiam o que eu pensava e que eu deveria me permitir expressar minhas emoções.

– Nossa, eu não imaginava...

Eu entendia como ela se sentia, porque meus pais também brigavam muito comigo para que eu mudasse meu jeito de ser. Queriam que eu fosse mais firme. Nunca pensaria que ela tinha passado por algo semelhante.

– Você pode confiar na gente para se expressar como quiser, Reo – disse Saya. – Estamos do seu lado.

– Obrigada, amiga.

As bochechas de Reo estavam levemente coradas em seu rosto em geral impassível.

– E sobre o que Yui disse antes... Vocês não precisam se sentir inseguras! Considero vocês amigas preciosas, que me aceitam como sou.

– Oun... – fez Saya, comovida.

Saya aproveitou e declarou, com firmeza:

– Eu também considero vocês minhas grandes amigas! E gosto de vocês tanto quanto do meu namorado! Só que, ao contrário do que faço com ele, não fico perguntando a vocês se gostam de mim...

Saya continuou, empolgada:

– Eu também tinha medo de outra coisa... Minhas outras amigas sempre reclamavam da minha personalidade forte, diziam que tenho um jeito de falar ferino. Isso me deixa insegura.

Reo deu um tapinha no ombro dela.

– Se a sua personalidade forte desaparecesse, você deixaria de ser você.

– Também acho – concordei. – Admiro esse seu jeito de dizer as coisas claramente.

Então a conversa convergiu para mim.

– Yui, me desculpa por eu debochar de você, falando que você vive no mundo da lua. Na verdade, a sua serenidade sempre me reconfortou!

– Talvez seja por sua causa, Yui, que nos damos tão bem. Sua serenidade é uma espécie de amortecedor.

Antes mesmo de me alegrar, os elogios inesperados me deixaram atônita.

– Então eu também tenho meus pontos fortes...?

– Claro! Caso contrário, nossa amizade não seria tão sólida.

Eu tinha recebido das duas, ao mesmo tempo, a resposta para minha maior insegurança.

Como era possível que nós três tivéssemos sido incapazes de ver aquelas coisas óbvias?

– Bem... isso mostra que nos sentíamos da mesma forma, não?

Meu coração se aqueceu ao constatar que, embora todas tivéssemos nossos complexos e inseguranças, nos importávamos umas com as outras.

– É engraçado que, apesar de sermos tão diferentes, nossas preocupações sejam semelhantes.

– Talvez sejamos mais parecidas do que pensávamos.

Reo acertou em cheio. Foi justamente pelas semelhanças e diferenças que nos aproximamos.

– Ah, estou tão feliz por ter conseguido colocar para fora tudo o que eu sentia!

Saya parecia mais leve. A inquietação em meu peito também desaparecera sem que eu me desse conta.

– Deveríamos ter sido francas assim antes. Não precisávamos ter escondido nossos sentimentos.

– Hoje minha boca parecia incontrolável… Por que será?

Ao meu lado, Reo inclinou a cabeça, reflexiva. Eu olhava fixamente para a caixa vazia de *monakas*.

– Talvez seja tudo por causa desses doces… – falei baixinho.

Mas os risos de uma mesa próxima abafaram minhas palavras.

– O que você disse, Yui?

– Ah, não foi nada.

Decidi não esquecer aquele dia, não importando se o milagre de hoje tinha ocorrido graças aos *monakas* ou não.

Mesmo que no dia seguinte eu voltasse a ser eu mesma, decidi que dali em diante me esforçaria para expressar meus sentimentos.

Do lado de fora da cafeteria envidraçada, sobre uma das árvores, alguém observa as três jovens.

Estudantes transitam pelo caminho que liga os prédios da universidade, mas nenhum nota Kogetsu, em seu *hakama*.

Banhado pela cor alaranjada do sol poente, ele sorri.

– Na realidade, somente o primeiro *monaka*, o de castanha, tinha efeito. Eu realmente me confundi e coloquei doces comuns junto com o que tem poder mágico… Não foi de propósito.

Sussurrando, Kogetsu puxa para si os farelos de *monaka* remanescentes na caixa.

– Ela achou que as três se abriram por causa deste doce, mas quando uma pessoa mostra seus reais sentimentos, as outras também lhes mostram os delas. Não é assim? Seja como for, estou pegando mais esta amostra.

Nas mãos de Kogetsu, os farelos de *monaka* envoltos em âmbar refletem a luz do crepúsculo. Quando as estudantes percebem essa luz e olham para o alto da árvore, ele já desapareceu.

4

Caramelos da substituição

Segurar um reluzente instrumento musical dourado me deixava mais concentrada.

Quando levava o bocal aos lábios e soprava, fazendo o som sair imediatamente, a sensação era de que o instrumento e eu formávamos um só corpo.

O ar no início do outono combinava bem com o trompete. Por que será?

Enquanto eu pensava nisso, ouvi a voz de Ayaka, a líder da seção de instrumentos de sopro, convocando todos a se reunirem.

– Terminaram os exercícios individuais? Vamos nos reunir para a prática da seção.

Estávamos na sala de música, após o término das aulas. Os instrumentistas, que até então executavam os exercícios básicos, se reuniram, cada qual em sua posição, empunhando seus trompetes.

– Começaremos com um tom longo.

Todos emitiram som ao mesmo tempo, acompanhando o ritmo do metrônomo. Ayaka, que fora designada como líder da seção havia pouco tempo, estava com mais cara de líder agora. Antes ela ficava muito nervosa, com a expressão rígida.

– Depois disso, cada um deve praticar individualmente as peças para o festival. Tem também a apresentação conjunta hoje, então é bom repassar o repertório uma última vez. Tudo bem?

Depois das instruções de Ayaka, as vozes de todos os membros da seção se fizeram ouvir em uníssono:

– Tudo bem.

Ao voltar para o canto da sala onde estava o atril com as partituras, uma colega que estava uma série abaixo da minha, me chamou.

– Risa, pode me ajudar um minutinho?

– Oi. O que houve?

– Tem uma passagem que não estou conseguindo tocar direito... Olha, é esta aqui.

Ela indicou na minha partitura, ainda segurando seu instrumento.

– Ah, sim.

Enquanto eu mostrava a ela, sentia seu olhar de respeito por mim.

– Realmente, a amplitude do som é diferente quando você toca!

Fico feliz em receber elogios à minha técnica.

– Você não prefere pedir ajuda à Ayaka?

Falei isso só para ouvir o que eu sabia que viria a seguir.

– É que fico mais à vontade perguntando pra você, já que nos conhecemos há anos. E, para ser sincera, você toca bem melhor que a Ayaka... Ops, não diga a ninguém que eu falei isso!

Assenti, incapaz de conter o sorriso. Eu sabia que era pura

vaidade, mas esse tipo de comentário dos membros mais novos inflavam meu ego.

Para mim, que não me destacava nos estudos ou nos esportes e cujo único passatempo era ler romances, era no trompete que eu me sentia especial.

Comecei a tocar na orquestra de metais no ensino fundamental I e continuei no fundamental II. Eu estava agora no nono ano. Como eram poucos os alunos com experiência, sempre fui admirada pelos calouros.

Porém, quando os formandos do terceiro ano se desligaram da orquestra, não fui eu a escolhida para líder de seção.

Foi Ayaka Takahashi, do mesmo ano que eu. Embora tenha começado a tocar depois de mim, ela teve um progresso impressionante, até atingir o mesmo nível que eu.

Acredito que tenha sido escolhida como líder de seção pelas suas boas notas e pela reconhecida firmeza de caráter. Em termos de habilidade musical, parecia que eu ainda a superava. No entanto, minha frustração persistia.

No final de cada ano era realizado um festival de música local, e a peça que tocamos nesse evento sempre tem um solo de trompete. Ayaka e eu fomos convidadas a fazer uma audição para que uma de nós fosse escolhida como solista. Íamos nos apresentar diante dos demais membros da orquestra e dos professores, e no final haveria uma votação. A solista seria aquela que obtivesse a maioria dos votos.

Eu estava apavorada com a ideia de perder para Ayaka.

Depois do ensaio, fui até o santuário próximo à escola para orar. Para passar por lá, eu fazia um pequeno desvio em meu trajeto para casa, mas nos últimos tempos eu vinha fazendo aquele caminho praticamente todo dia. Era um santuário pequeno e antigo, mas meus pais me levavam ali quando eu ainda era bebê e tenho fé nos deuses.

– Façam com que eu não erre na audição. Que não aconteça nenhuma das coisas que me perseguem…

Pedi encarecidamente aos deuses que afastassem meu azar durante a apresentação.

Sim, sempre fui azarada. Os pequenos infortúnios me perseguiam.

E não era só em apresentações que eu atraía acidentes e pequenas desgraças. Nas gincanas esportivas da escola eu sempre levava um tombo feio, volta e meia um pombo fazia cocô em mim e já bati com a bicicleta num poste mais de uma vez. Chegava a pensar que estava possuída pelo Deus dos Infortúnios.

Se tudo corresse como sempre, eu estava certa de que alguma coisa errada aconteceria durante o teste.

Mas eu não podia perder a vaga de solista de jeito nenhum. Ayaka era estudiosa, querida pelos professores, uma estudante comprometida, exemplar, que tinha até sido escolhida como líder de seção na nossa orquestra de câmara. Ela já se destacava em tantas coisas!

E eu só tinha o trompete. Não era justo que alguém que já tinha tudo tomasse de mim meu único motivo de orgulho. Para ser sincera, minha vontade era dizer a ela: "Abra mão pelo menos disso! Me deixe ser a solista dessa vez!" Porém, pelo que conhecia de Ayaka, eu sabia que ela jamais desistiria. Ela me atacaria com todas as suas forças sem pestanejar.

Se ao menos eu estivesse protegida da minha aura de azar durante a audição... Ou meus infortúnios recaíssem sobre outra pessoa... talvez Ayaka...

Não, não, não devo pensar uma coisa dessas!

Balancei a cabeça, expulsando o pensamento, e me afastei do prédio principal.

Pensar algo tão cruel não seria perder antes mesmo de lutar?

Nesse momento, ouvi o grasnar de um corvo vindo da área além do átrio e, por reflexo, me virei. Lá estava a paisagem de sempre... porém havia algo diferente.

Logo entendi o motivo. Era algo nas altas árvores que circundavam o átrio. Parecendo formar uma muralha, havia um espaço entre eles, uma pequena clareira.

O que seria aquilo? No dia anterior com certeza não estava daquele jeito. Será que o sacerdote tinha cortado as árvores? Mas por que só naquele trecho?

Fui até lá, desconfiada, e quando cheguei ao gramado, na clareira entre as árvores, me deparei com uma visão ainda mais surpreendente.

Uma rua comercial? Aqui?

Um longo caminho não tão bem pavimentado se estendia a partir dali, com pequenas lojas em ambos os lados.

Aquilo era esquisito, porque eu já tinha ido inúmeras vezes àquele santuário e com certeza não havia nada do tipo nas proximidades. Também era estranho que fosse uma área comercial com uma atmosfera tão calma e que as construções fossem de estilo antiquado, sem a estética moderna dos arredores. Se bem que uma rua comercial à beira da falência devia ser mesmo assim.

Se fosse para perder tempo num lugar como aquele, era melhor voltar logo para casa e praticar. No entanto, apesar de minha cabeça saber disso, meus pés se moviam naturalmente, como que puxados por uma estranha força gravitacional.

Talvez a curiosidade adolescente seja atraída por coisas um pouco arriscadas.

Avancei até metade da rua, notando que praticamente todas as lojas estavam fechadas. Não se via o interior delas, totalmente às escuras. Caramba, até ali eu dava azar!

Antes de entrar, eu tinha imaginado ser uma rua comercial antiga, mas na realidade não era simplesmente retrô. Algumas lojas tinham a fachada em estilo chinês, lanternas penduradas substituíam a iluminação pública inexistente e havia letreiros escritos em um idioma estrangeiro que não reconheci. Uma atmosfera um tanto misteriosa. Parecia uma mistura da paisagem urbana dos filmes da Era Showa com filmes chineses antigos, além de toques de filmes de fantasia. Banhado pelos tons alaranjados do crepúsculo, o local parecia realmente um set de filmagem.

Ah, uma loja de música!

Em meio a tantos estabelecimentos com suas vitrines vazias, avistei um que exibia instrumentos musicais.

De tão feliz, me aproximei a passos rápidos, mas o que de longe parecia um violino era um instrumento de cordas que eu jamais vira. Tive a impressão de que poderia ser um *biwa*, o instrumento que um dos sete deuses da sorte carrega, semelhante ao alaúde. Havia também uma flauta transversal similar a um pífaro, feita de madeira escura, e uma fileira de tambores japoneses. Não havia nenhum dos instrumentos usados em orquestras de metais.

Talvez lá dentro houvesse pelo menos bocais ou palhetas, mas, quando tentei abrir a porta de madeira, ela apenas rangeu, sem se mover um centímetro sequer. Poderiam pelo menos ter pendurado uma plaquinha de FECHADO...

Além dessa, não vi nenhuma outra loja aberta até o final da rua.

Quer dizer, ali estava uma loja iluminada com lanternas cor de pêssego. O letreiro dizia DOCERIA MÁGICA ÂMBAR. Um aviso dizia que o local ficava fechado no primeiro dia de lua nova e no primeiro de lua cheia, o que me deixou com um pé atrás. O nome também era incomum. Talvez, em vez de doces, vendessem medicamentos homeopáticos chineses.

Quando fiz menção de dar meia-volta, um pensamento me ocorreu.

Se o local vendia coisas incomuns, talvez houvesse algo que me ajudasse... Quem sabe um medicamento que acabasse com o nervosismo?

Vou dar só uma olhadinha, pensei. Se fosse realmente uma loja perigosa, eu sempre poderia fugir correndo. Sendo trompetista, tenho plena confiança na minha capacidade pulmonar.

Lentamente e evitando fazer barulho, abri a porta de madeira. Espiei o interior pelo vão da porta semiaberta: não havia nada ali além de uma doceria bastante normal.

Entrei, aliviada. Havia doces japoneses como *wasanbon* e

monaka e outros mais simples e baratos, como confeitos de açúcar e caramelos.

Quando eu pensava em dar uma volta para ver com calma os produtos, uma pessoa surgiu de trás do balcão.

– Ora, se não é um cliente! Eu estava trabalhando nos fundos e não notei. Me perdoe.

Era um rapaz lindo, do tipo que faz o coração disparar. Tinha os cabelos loiros e vestia um *hakama*. Eu nunca vira um homem de rosto tão perfeito.

– Meu nome é Kogetsu e sou o proprietário da Doceria Mágica Âmbar. Fique à vontade.

– Aham… – murmurei, embasbacada.

Ele me cumprimentou polidamente, semicerrando os olhos dourados. Um proprietário muito educado.

A beleza não era garantia de que ele fosse confiável, mas, pelo que vi em torno, achei improvável que ele vendesse produtos perigosos.

Mas…

As plaquinhas de identificação dos doces exibiam nomes bem peculiares: "balinha açucarada da ambição", "*wasanbon* da invisibilidade", "*monaka* de castanha inocultável"…

Definitivamente, era uma loja excêntrica. Do fechamento em dias de lua nova e de lua cheia ao proprietário usando um *hakama*. Porém os doces pareciam tão deliciosos que me deixaram com água na boca.

Entre eles, os que logo me chamaram a atenção foram os caramelos acomodados numa caixa. Era uma bela caixa de estilo antigo, mas o que me levou a pegá-la foi o nome do produto: "Caramelo da substituição". Era como se tivessem adivinhado que eu desejava justamente poder transferir meus infortúnios para alguém.

– Todo mundo tem coisas que desejaria transferir para outros, não?

Levei um susto. Era Kogetsu, bem atrás de mim.

– Se há algo em você do qual deseja se ver livre, talvez esse doce possa lhe ser útil.

– C-como você sabe?

Ele falava como se soubesse tudo sobre mim, inclusive minhas inquietações.

– Intuição? – respondeu Kogetsu.

É claro que eu não acreditava que um doce fosse capaz de solucionar meu problema, mas, por ser barato, decidi comprar. A embalagem em si já era linda, e eu adoro caramelos.

Depois de registrar a compra numa máquina registradora antiquíssima, Kogetsu embrulhou a caixa de caramelos em um saco de papel sépia.

– Obrigada.

Quando eu já fazia menção de sair, Kogetsu baixou a cabeça e, com um sorriso discreto, disse:

– Obrigado pela compra. Tome cuidado para não cair nos encantos desse caramelo, em seu sabor doce que se prolonga na boca.

– Realmente, é bem doce...

Experimentei um caramelo depois do jantar. Era de arder a garganta, de tão doce.

Caramelos não eram um tipo de doce que eu comprasse com frequência, mas, pelo que lembrava, não costumava ser assim tão doce. Era como se uma película ficasse grudada dentro da boca por um bom tempo.

Um pouco sufocada, fui até a cozinha beber água.

– Hum... Mas talvez essa doçura intensa seja boa.

Notei, naquele momento, que me sentia subitamente desperta. Devia ser produtivo comer alguns antes de estudar para uma prova.

No dia seguinte, joguei um caramelo na boca logo antes de sair para o colégio. E algo estranho aconteceu.

Em frente à escola, estudantes do ensino médio caminhavam em bando, em seus uniformes. Atrás de mim, alguém gritou:

– Droga!

Quando me virei, vi uma menina com a perna erguida, fazendo uma careta.

– Que droga! Pisei em cocô de cachorro! Meus tênis novinhos...

Enquanto as amigas a consolavam, a garota esfregava a sola do tênis no asfalto.

Normalmente seria eu o alvo daquele incidente tão trágico. Mas por alguma razão parecia que eu estava desviando das "armadilhas".

Até que às vezes eu dou sorte, pensei naquele momento.

Comecei a ter minhas dúvidas na quarta aula. Eu estava morrendo de fome e não conseguia me concentrar.

– Quem vai responder o próximo é...

Meus olhos encontraram os do professor, que escrevia

uma questão de matemática no quadro. Já fui me preparando para ser escolhida.

– Risa... Não, Watanabe.

O professor desviou de súbito o olhar.

– Hã?

Watanabe, que estava tranquilo, sussurrou para mim:

– Se livrou dessa, hein.

E a garota atrás de mim cutucou meu ombro, abrindo um sorriso quando me virei.

Sim, meus amigos sabem da minha fama de azarada.

Foi um grande alívio, porque não sou boa em matemática e jamais conseguiria resolver aquele problema, ainda mais com fome. Mas por que o professor mudou de ideia? Ele chegou a dizer meu nome...

O *"caramelo da substituição"*...

E se alguém tivesse trocado de lugar comigo tanto no incidente daquela manhã quanto no da sala de aula? E se fosse realmente possível passar meu azar para outra pessoa?

Lembrei-me da doçura do caramelo que comera de manhã e engoli em seco.

Se fosse isso, eu deixava de ser azarada e sem dúvida seria escolhida na audição para solista do festival. Mas isso significava que alguém assumiria meu azar...

É claro que nem me passava pela cabeça desejar que alguém carregasse meus infortúnios por toda a vida. Só uma vez, na audição. Só para que eu pudesse mostrar minha verdadeira capacidade. Seria algo assim tão ruim? Não. Eu já tinha suportado tantas coisas que tinha direito a um pequeno momento de glória.

Assim, me justificando para mim mesma, fiz de conta que não percebi o sentimento de culpa e a dor no peito.

Decidi comer um caramelo por dia até a audição, para não correr o risco de machucar a mão ou algo do tipo.

A cada vez que comia, eu sentia como se aquela doçura pegajosa se intensificasse.

Nesse período, pequenos reveses que até então se repetiam – como ser repreendida por ter esquecido um livro em casa ou ser a única do meu grupo a cometer um erro no laboratório de ciências – não aconteceram. A cada vez um colega de turma assumia meu lugar sem saber.

Meus pais elogiaram:

– Sempre achamos você distraída, Risa, mas ultimamente está focada.

Assim como minhas amigas:

– Você anda animada esses dias! O que aconteceu? Conta!

Ao me observar a partir da perspectiva de alguém de fora, tive a sombria sensação de que realmente eu vinha passando por maus bocados. Então tive medo de voltar para minha vida de azarada após a audição. Será que eu conseguiria ficar sem os caramelos?

Dia do teste.

Não tínhamos aula aos sábados, mas a escola abriu pela

manhã, para ensaios da orquestra e outras atividades extra-curriculares, e a audição seria no fim da tarde. As cadeiras foram colocadas de costas, como acontecia nesse tipo de teste. Assim era possível julgar sem saber quem estava tocando.

Fui sorteada para ser a segunda a me apresentar. Enquanto Ayaka tocava, saí da sala de música e procurei ao máximo não ouvir, mas o som alto do trompete acabava vazando de qualquer jeito.

Ayaka conseguiu produzir lindos agudos, embora tenha cometido alguns deslizes. Se eu não cometesse nenhum erro, com certeza seria escolhida. Eu não era páreo para ela em termos de beleza de timbre, mas até o professor orientador me garantira que meus sons eram mais enérgicos e chegavam direta e claramente aos ouvidos. Eu precisava explorar esse meu ponto forte na audição.

Foi estranho tocar para pessoas viradas de costas, mas não errei nada e ainda me saí melhor do que nos ensaios. Acertei as notas altas, que sempre desafinava, e até consegui relaxar na segunda metade.

Nem eu tinha me dado conta de que era capaz de tocar tão bem, expressando todo o meu potencial. Eu geralmente não conseguia imprimir meu estilo, por isso o professor e os meus colegas me comparavam com Ayaka, mas tocando daquele jeito ela não rivalizaria comigo.

Mais de dois terços dos ouvintes levantou a mão para escolher a segunda apresentação. Assim, tendo obtido a aprovação da maioria, fui escolhida a solista.

Enquanto recebia os aplausos de todos, olhei de relance para Ayaka, que parecia segurar o choro.

Um menino mais novo veio me parabenizar enquanto eu arrumava o instrumento.

– Parabéns pelo solo, Risa!

– Obrigada.

– Que incrível, você não cometeu nenhum erro na sua apresentação!

– Hoje eu não estava muito nervosa.

Mesmo que tivesse sido graças ao caramelo, era minha real capacidade que eu havia mostrado.

– Já Ayaka parece ter se desestabilizado depois de cometer um erro. Fiquei com pena dela.

Ao ouvir isso, me senti culpada. Meu peito apertou e meu coração acelerou.

– É mesmo? Eu não ouvi direito...

– Ela errou alguns trechos simples. Devia estar nervosa.

Então meu substituto da vez tinha sido a própria Ayaka?

Eu havia me saído tão bem à custa do fracasso dela?

– Não pense nisso! Olha só, você toca muito bem há anos e hoje conseguiu se superar! – prosseguiu ele, percebendo a tensão no meu rosto.

– É, acho que você tem razão.

Talvez eu estivesse criando caraminholas na cabeça. Qualquer pessoa que ficasse nervosa cometeria erros. Até mesmo Ayaka.

Quando fui até a outra sala para guardar meu instrumento, ouvi uma conversa em voz baixa e alguém fungando.

– Não fica assim...

Dei uma espiada e vi Ayaka agachada, chorando. Uma amiga dela, que tocava trombone, a consolava.

Ao ouvir sua voz chorosa, senti meu coração apertar ainda mais dentro do peito.

Se não fosse pelo caramelo, talvez fosse eu no lugar dela.

– Mas o que aconteceu? Você sempre toca tão bem!

– Não entendo. Eu pratiquei muito, mas logo no início me deu um branco...

– Você sabe que deu o seu melhor! Praticando todos os dias, sem falta, de manhã e de tarde...

Quê? Ela praticava duas vezes por dia? Ao ouvir isso, pela primeira vez minha mão tremeu.

– Desculpa por ter me saído mal, depois de você ajudar tanto, me acompanhando toda manhã.

– Que isso, imagina.

Quando senti que elas iam se levantar, saí às pressas, voltando para a sala de música.

– Risa! Achei que você já tivesse ido.

Era o menino mais novo, vindo até mim com um ar curioso. Meu coração batia muito forte e eu respirava com dificuldade. Nem consegui falar nada.

Então Ayaka praticava duas vezes por dia? E ela ia à escola para praticar mesmo quando não tinha ensaio? Talvez apenas o professor orientador e os amigos mais próximos de Ayaka soubessem disso.

E eu tentando me iludir, pensando que qualquer pessoa que ficasse nervosa cometeria erros. Se eu não me saía tão bem quanto queria, era por falta de empenho. Se eu continuava errando nos ensaios, é claro que erraria também na audição.

Ayaka tinha se esforçado muito mais do que eu.

De manhã eu me atrasava quase todo dia e me dava por

satisfeita em ficar em casa de papo pro ar nos dias de folga da orquestra. Enquanto isso, Ayaka continuava praticando todos os dias. Sem alarde.

E por minha causa ela tinha perdido a vaga que merecia.

Acho que cometi um grande erro...

Eu só conseguia pensar nisso, mal escutando o que o menino tagarelava no meu ouvido.

Parei de comer os caramelos. E, ao me observar com atenção, descobri várias coisas.

Se no caminho para a escola eu pisava em cocô de cachorro ou tropeçava numa falha do calçamento, era por pura distração minha. Como sempre saía de casa em cima da hora, andava correndo, sem olhar direito por onde pisava.

Se o professor sempre me escolhia para responder a uma pergunta, era porque eu vivia distraída, olhando pela janela, ou emburrada, com mania de perseguição.

Se aconteciam tantos acidentes nos meus experimentos de ciências no laboratório, era por preguiça minha de verificar os procedimentos ou pesar com cuidado os ingredientes.

Sempre me achei uma azarada, mas estava errada.

Não era nada disso. A causa de tudo era eu mesma. Minha distração, minha falta de concentração, minha impaciência.

Lembrei-me das palavras de Kogetsu, no dia em que fui à Doceria Mágica.

"Se há algo em você do qual deseja se ver livre, talvez esse doce possa lhe ser útil."

Ele não disse "algo na sua vida", mas "algo *em você*". É claro. Uma adolescente arrogante usa a conveniente desculpa do azar para não aceitar as próprias falhas.

Apesar de não estar comendo caramelos desde o dia da audição, aquela doçura pegajosa permanecia na minha boca. Assim como meu sentimento de culpa por ter feito a inocente Ayaka provar do meu fracasso na frente de tantas pessoas.

Era impossível voltar no tempo. Mas havia uma coisa que eu podia fazer para me redimir.

– Professor Hasegawa, o senhor teria um minutinho?

Era horário do almoço. Eu tinha ido até a sala dos professores à procura do nosso orientador da orquestra de metais.

– Risa, o que houve? – perguntou ele, surpreso. – Você nunca vem aqui.

Os alunos exemplares às vezes iam até lá nos intervalos das aulas, para tirar dúvidas, mas eu não era empenhada a esse ponto.

Também não me sentia confortável numa sala cheia de adultos.

– Bem, eu... eu queria consultá-lo sobre meu solo na apresentação do festival.

– Você está com dificuldade em alguma passagem da música?

– Não, não é isso.

Falei o que desde cedo eu vinha repetindo mentalmente:

– Seria possível repetir o teste? Não estou convencida do resultado.

Depois de arregalar os olhos por um instante, o professor me perguntou com uma expressão serena:

– Está falando sério?

– Sim. Sei que Ayaka é muito melhor do que ela tocou naquele dia. Você também pensa assim, não?

Eu, pelo contrário, tinha mostrado um desempenho acima da minha capacidade normal. Ele certamente estava ciente disso.

– Parte da sua habilidade como instrumentista inclui se apresentar com segurança. Você sabe disso, não sabe?

– Sim, claro.

O esforço diário se reflete na apresentação. Eu tinha distorcido isso artificialmente, com o poder do caramelo.

Por um tempo encarei o professor. Vendo que eu não mudaria de opinião, ele relaxou e exalou um leve suspiro.

– Entendo. Vou pensar e dou minha resposta mais tarde, no ensaio.

– Obrigada.

Fiz uma profunda reverência. Pensando bem, era a primeira vez que eu me curvava tão sinceramente diante de um adulto.

Quando eu estava indo embora, ouvi o professor Hasegawa murmurar consigo mesmo:

– Realmente os alunos crescem rápido…

Ele sorria e tinha o olhar distante.

Quando, antes de começarmos o ensaio, o professor anunciou que o teste seria refeito, a pedido meu, começou um burburinho na sala de música.

Os membros mais novos olhavam para mim estupefatos. Ayaka se enrijeceu.

Não falei com ninguém, apenas endireitei as costas e me mantive calada, olhando para a frente. Senti pela primeira vez o quanto eu podia gostar de mim mesma.

A segunda audição foi realizada no sábado seguinte. Ayaka fez uma apresentação estável, com lindos sons e vibratos. Inclusive foi muitas vezes superior à minha apresentação na audição anterior, na qual eu acreditava ter me saído muito bem.

Quando, na votação, todos levantaram a mão após a apresentação de Ayaka, ela já estava em lágrimas. Como todos estavam de costas, fui a primeira a saber.

Ayaka me chamou quando eu estava saindo da escola.

– Por quê? – perguntou ela. – Por que você pediu para repetirem o teste? Você queria tanto fazer o solo!

Por que Ayaka expressava tanto desespero? Ela tinha sido escolhida. Seria a solista.

– O meu desempenho de hoje é o verdadeiro. E não é suficiente para um solo. Tenho consciência disso!

– Você quis competir de novo só para perder? Que ridículo. Você é uma boba mesmo!

– Eu sei. Mas pela primeira vez estou feliz em ser boba. Nunca me senti tão leve.

Ayaka estava trêmula e cabisbaixa. Em meus 14 anos de vida, pela primeira vez eu me entendia.

– Risa…

– Trate de praticar bastante no solo! Porque eu ainda vou superar você.

A competição não terminava ali. Eu estava decidida a ser solista no trompete um dia, mas conquistaria meu espaço por meu próprio mérito.

Trocamos um aperto de mãos sem dizer mais nada. No olhar de Ayaka, que até pouco antes estava chorando, um brilho forte dizia: "Eu não pretendo perder para você."

Espero que nós duas sejamos boas adversárias daqui em diante.

Vou contar o que aconteceu depois.

Decidi mudar meu jeito de ser. Comecei a ser mais atenta e me concentrar mais durante as aulas.

Nas atividades da orquestra também decidi dar o meu melhor nos exercícios, sem desanimar, e me abrir para aprender mais com os outros, fossem mais experientes que eu ou não.

Meus pais notaram a mudança:

– Você anda mais calma, mas não é só isso. Está transbordando motivação.

Assim como minhas amigas:

– Risa, você está tão mudada! E mudou para melhor!

Esses elogios me fizeram muito mais feliz do que fiquei quando comi caramelos para jogar em cima dos outros as consequências da minha irresponsabilidade.

Sinto que eu e Ayaka fortalecemos nossa amizade. Como líder de seção, ela me consulta bem mais sobre como orientar os novatos e como organizar os ensaios.

Quando a gente se esforça bastante, alguém sempre nota. Como eu nunca havia me empenhado tanto, agora percebo isso pela primeira vez.

E hoje, depois de muito tempo, visitei novamente o santuário, ao anoitecer. Queria agradecer a Kogetsu, mas não encontrei a rua comercial.

Fiquei surpresa, mas era como se eu já imaginasse. Aquela rua e a Doceria Mágica não deviam ser locais da nossa dimensão. Um conjunto de coincidências devia ter feito a porta da fantasia se abrir apenas naquele dia.

– Vou oferecer aos deuses esse caramelo. Não preciso mais de substitutos.

Coloquei no prédio principal a caixa contendo o último caramelo, uni as mãos em oração e dei meia-volta.

Será que um dia haveria um novo conjunto de coincidências que me permitisse reencontrar Kogetsu? Ou o que acontecera tinha sido um momento único?

Ergui os olhos para o céu tingido de laranja do crepúsculo sentindo que de alguma forma Kogetsu me observava naquele momento.

Por um instante, quando a menina olha para o céu, seus olhos se encontram. Ela sai do santuário a passos leves – parece não tê-lo notado.

Kogetsu, que a observava do telhado, desce ao solo.

– De todos os visitantes, essa menina foi a que mais se aproximou da verdade, não? Nunca devemos subestimar as crianças.

Ao pegar a caixa com o último caramelo, deixado pela menina como oferta aos deuses, Kogetsu semicerra os olhos e os cantos de seus lábios se erguem ligeiramente.

– Mas em uma coisa ela errou: Risa de fato incorporou o Deus dos Infortúnios. Mesmo que no início tenha sido seu próprio descuido, à medida que culpava o destino, ela o atraía para si.

Kogetsu pega o caramelo da caixa e olha ao longe.

– Parece que agora ele se foi da vida dela. Que bom! Vou pegar este como amostra.

Na mão de Kogetsu, o caramelo subitamente é envolto em âmbar. Ele deixa a caixa vazia no local de oferendas e desaparece.

5

Maçã do amor
do desejo de confirmação

– **B**uááááááá, buááááááá!

O som agudo do choro de bebê ressoava no cômodo. A voz chorosa usava todo o corpinho como se tentasse em desespero pedir algo.

– Já vou, já vou!

Mesmo achando que estava tudo bem, eu me preocupava quando a bebê chorava, temendo que os vizinhos me odiassem.

Era maravilhoso quando eu dava o peito e ela logo parava de choramingar, mas quando isso não acontecia e eu não sabia o que fazer, era eu quem tinha vontade de chorar.

Minha filha era uma lindeza. Porém, quando passava o dia inteiro com ela, eu sentia como se estivéssemos confinadas apenas as duas em um mundinho isolado.

Em breve eu completaria 30 anos. Engravidei logo depois de me casar e larguei meu trabalho para me dedicar integralmente à maternidade, desde a mais tenra idade da minha filha.

Tanto a casa dos meus pais quanto a dos meus sogros ficavam longe da nossa, portanto não podíamos contar com a ajuda deles. Meu marido era meu único apoio possível. No entanto, desde que nossa filha nascera ele estava distante, não dava muita atenção a mim nem a ela.

Quando a bebê chorava de madrugada, ele não se levantava. Mesmo ouvindo, ele apenas me avisava, com a voz sonolenta e irritada: "Ela está chorando!" Nenhuma palavra de estímulo, como "Obrigado por se dedicar tanto", ou mesmo "Desculpa por deixar tudo nas suas mãos". Além de cuidar da nossa filha, eu também precisava dar conta das tarefas domésticas, que agora haviam duplicado. Essa parte era muito mais fácil quando eu ainda trabalhava fora. Além disso, eu me sentia mais segura por ter um emprego, e meu marido me dirigia palavras afetuosas quando eu chegava em casa.

Será que ele não me amava mais?

Quando um casal tem um filho, alguns homens se envolvem em seus cuidados, enquanto outros se atiram de cabeça no trabalho, pensando "Preciso ganhar mais para sustentar minha família". Meu marido talvez se enquadrasse nesse último caso. Ou será que ele apenas não queria enfrentar a mim e nossa filha?

Toquei de leve a bochecha de Sakura, para não acordá-la. Por ter nascido na primavera, nós a batizamos de Sakura, que significa "cerejeira". Meu marido se chama Itsuki, que significa "árvore", e eu, Chika, "mil flores", por isso quisemos que ela tivesse um nome de flor.

Agora era inverno. Oito meses haviam se passado desde aquele dia de primavera repleto da alegria do nascimento dela.

Eu não me lembrava de ter feito algo além de cuidar dela, durante todo aquele tempo. Nem sabia mais o que era ir ao salão de beleza ou encontrar uma amiga. Não era exagero dizer que todo o meu tempo era dedicado à minha filha.

Às vezes, à tardinha, eu a colocava no carrinho e ia ao

mercado. Naquele dia, o tempo estava bom e ela estava bem-humorada. Decidi aproveitar para dar um passeio um pouco mais longo antes de voltar para casa.

Eu morava naquele bairro desde o casamento, mas ainda não conhecia muito bem os arredores. Para além da rua principal havia um mundo desconhecido para mim.

Ao passar por um caminho diferente do usual, me deparei com um pequeno santuário remoto.

Ficava num terreno um pouco elevado e se chegava até lá por alguns degraus de pedra. Frondosas árvores circundavam toda a construção. Tive a impressão de ser um local sagrado, separado do resto do mundo. Exatamente o tipo de lugar de que eu precisava para relaxar.

Quando entrei no átrio, no entanto, não me pareceu um lugar para uma pausa: não havia bancos e era realmente pequeno. Mesmo assim, aquele era um raro momento que eu tinha para mim, então fui em frente.

Sakura dormia tranquila no carrinho, provavelmente cansada após a agitação das compras. Para não despertá-la, coloquei a moeda na caixa de ofertas com muito cuidado e toquei o sino bem de leve. Pedi aos deuses pela segurança da minha família, mas senti um calafrio ao perceber que meu verdadeiro desejo era outro.

Ajeitei meu casaco e estava prestes a voltar para casa quando tive uma sensação estranha. Instintivamente, me virei para trás.

Havia algo esquisito, mas não consegui identificar o que era.

– Ah, sim...

Então entendi: tinha algo a ver com as árvores que cresciam

ao redor de todo o terreno do santuário. Havia apenas uma área sem árvore nenhuma, como se tivessem criado de propósito uma clareira ali.

Ao me aproximar, vi um caminho que se estendia a partir desse espaço aberto, conduzindo até uma rua comercial de aspecto antigo.

Quem diria que em um lugar como aquele haveria uma área comercial? Talvez eu não tivesse percebido antes porque sempre fazia as compras no supermercado. *Talvez eu encontre alguma lojinha interessante, não custa dar uma olhada*, pensei.

O carrinho de bebê chacoalhava pelo caminho sem pavimentação. Fiquei com medo de Sakura acordar, mas o balanço devia ser gostoso, pois ela dormia profundamente.

Ao avançar pela rua, notei uma atmosfera um pouco estranha. O lugar era iluminado apenas por lanternas e alguns letreiros das lojas estavam em outro idioma. Como se isso não bastasse, todos os estabelecimentos estavam fechados. Não me parecia uma boa ideia seguir adiante...

Quando suspirei e fiz menção de dar meia-volta, notei uma menininha olhando na nossa direção, à sombra de uma marquise. Parecia estar em idade pré-escolar. Tinha cabelos bem pretos como os de um *kappa*, e vestia um quimono vermelho. Como tinha acabado de acontecer a festividade do Shichigosan – que celebra o crescimento das crianças de 3, 5 e 7 anos –, talvez ela estivesse vestida para algum evento de família.

– Que gracinha você é – falei. – Tudo bem?

Ela se aproximou timidamente. Sorri. Parecendo tranquilizada, ela espiou dentro do carrinho de bebê.

– Você gosta de crianças? – perguntei.

Ela fez que sim com a cabeça. Talvez tivesse um irmãozinho ou uma irmãzinha.

Fiquei apreensiva por ela não emitir nenhum som e manter o rosto inexpressivo, mas devia ser o nervosismo por estar perto de uma adulta desconhecida.

Enquanto eu observava o jeito enternecido da menina ao espiar o rosto adormecido de Sakura, tive a impressão de que o topo da cabeça dela estava se avolumando.

– O que é...?

Sob os fios de cabelo parecia haver duas protuberâncias crescendo. Esfreguei os olhos.

– O que houve na sua cabeça? Bateu em algum lugar?

Assim que perguntei, a menina levou as mãos à própria cabeça. Nesse instante, por entre seus dedos saltaram orelhas de guaxinim!

Enquanto eu olhava atônita, a menina saiu correndo. Em suas costas vi, despontando da barra do quimono, algo parecido com uma cauda...

– Nossa, devo estar mais cansada do que pensei.

A exaustão pode nos fazer ver coisas. Meus olhos às vezes se embaçavam de repente. É claro que a menina estava usando uma fantasia, ou um arquinho com orelhas desses que as crianças adoram.

Decidi me deitar um pouco quando chegasse em casa, antes de preparar o jantar. Se eu ficasse doente, quem cuidaria da minha filha?

Não cruzei com mais ninguém até o final da rua. Era mais curta do que parecera.

Ali, bem no fim da rua, havia uma loja com um jeito

diferente das outras. Estava escrito DOCERIA MÁGICA ÂMBAR. Talvez fosse um trocadilho, porque "doces ocidentais" e "doces mágicos" são homônimos, ambos pronunciados "yogashi", apenas o ideograma "yo" diferindo na escrita.

A construção em si era antiga e idêntica às demais, porém a fachada era bem cuidada e decorada com lanternas cor de pêssego.

Se fosse uma confeitaria, talvez vendesse algo que Sakura pudesse comer. Eu não dava doces a ela, mas às vezes encontrava algo mais natural, à base de batata-doce, por exemplo.

Empurrei a pesada porta com uma das mãos e o interior da loja pouco iluminado me saltou aos olhos.

Produtos se enfileiravam nas prateleiras e, apesar de o interior estar longe de ser espaçoso, não seria incômodo entrar com o carrinho de bebê pois a única cliente era eu.

– Sejam bem-vindas.

Era um funcionário da loja, vindo me cumprimentar logo à entrada.

– Olá.

Quando ergui o olhar, fiquei paralisada. Era um rapaz de uma beleza fora do comum. Tinha o rosto bem desenhado, cabelos sedosos e vestia um *hakama*. Será que ali era moda usar roupas tradicionais japonesas? Provavelmente, porque seu estilo singular não parecia deslocado e ele demonstrava se sentir à vontade.

Ele olhou de relance para o carrinho de bebê e pareceu esboçar um sorriso.

– Que raro. Talvez seja a primeira vez que recebemos a visita de duas pessoas juntas.

Achei fofo ele dizer "duas pessoas".

– Meu nome é Kogetsu e sou o proprietário da Doceria Mágica Âmbar, na área comercial da Rua do Anoitecer. Fique à vontade.

Dei uma boa olhada na loja. Apesar de se chamar Doceria Mágica, em alusão aos "yogashi", os doces ocidentais, os que estavam ali eram em sua maioria "wagashi", doces japoneses. Havia também alguns tipos mais simples e baratos, como caramelos e balinhas açucaradas. No meio de tudo aquilo, um grande doce vermelho chamou minha atenção.

– Ah, maçã do amor!

Presa no alto de um palito comprido havia uma maçã muito vermelha revestida de uma casquinha de açúcar, do tipo que se costuma ver em festivais. Ela reinava solitária na prateleira. Devia ser uma variedade específica de maçã, pois era um pouco menor do que as de supermercado.

– Você parece interessada na maçã caramelizada.

Eu me espantei ao ouvir a voz de Kogetsu vindo de trás de mim. Talvez por estar distraída, não percebi sua aproximação.

– Ah, sim. Sempre pensei que só podiam ser vendidas em barraquinhas de festivais. Estou surpresa ao ver numa loja.

– Eu a incluí porque gosto muito de maçã do amor. É interessante que, ao contrário dos outros doces, é o recheio que fica visível. Seria tão bom se pudéssemos ver o coração das pessoas dessa forma tão transparente, não acha?

Meu coração acelerou quando ele me dirigiu aqueles olhos dourados que pareciam enxergar algo dentro de mim.

Quando não entendia por que Sakura estava chorando e fazendo birra, ou quando meu marido suspirava e respondia aborrecido – como seria bom se, nessas horas, eu pudesse ver o que se passa no coração deles. Como seria bom encontrar uma maneira de me comunicar com Sakura, que ainda não sabe falar, e com meu marido, que não expressa seus sentimentos.

Não que as palavras de Kogetsu tenham me influenciado, mas naquele momento senti uma forte saudade do sabor das maçãs do amor que comia quando criança.

– Você não teria mais uma dessa? – perguntei.

Sakura não conseguiria comer uma inteira, mas me senti mal em comprar apenas uma. Pensei em levar uma para meu marido.

– Acredito que temos outra, sim. Aguarde um pouco, vou conferir no estoque.

Kogetsu se afastou. Quando ele abriu uma porta nos fundos, vi uma longa fileira de prateleiras altas, sem espaço entre elas, que iam quase até o teto. Pareciam estantes de biblioteca, repletas de garrafas de vidro. Em nada se assemelhavam a prateleiras do estoque de uma doceria.

Percebendo meu olhar, Kogetsu se virou e semicerrou os olhos.

– Espiadelas são proibidas.

Apesar da expressão afável, seus olhos não sorriam. Ele parecia realmente furioso. Senti a pele arrepiar.

– Desculpa, desculpa...

Será que eu tinha feito algo tão sério assim? O rapaz levou o dedo indicador aos lábios, como se fosse me contar um segredo, e disse:

– A curiosidade matou o gato. É melhor esquecer o que viu aqui.

– Hum… Entendi…

Talvez ele não quisesse que eu visse a bagunça nos fundos da loja. Não sei.

Alguns instantes depois, ele voltou trazendo uma segunda maçã do amor. Era muito mais barato do que aquelas que compramos nos festivais de verão.

– Obrigado – disse o belo rapaz, após receber meu pagamento e me dar o embrulho. – Não nos responsabilizamos pelo que pode acontecer.

Que loja esquisita.

Ao voltar para casa, guardei as compras do supermercado e me esparramei no sofá para relaxar um pouco.

O rapaz de aparência sobrenatural, a antiga rua comercial, a menina de quimono… Tudo aquilo parecia o cenário de um filme. Eu nem lembrava direito como tinha caminhado do santuário até em casa. Por que tudo aquilo mexeu tanto comigo? Bem, era vergonhoso que uma mulher casada de mais de 30 anos ficasse pensando num rapaz tão lindo.

Eu suspirava, abraçada à almofada, quando o celular apitou. Era uma mensagem do meu marido: "Vou chegar mais tarde hoje." Eu teria mais tempo até a hora do jantar.

Podia aproveitar e comer a maçã do amor.

Sakura estava vendo um anime, tranquilamente. Se ela quisesse a maçã, eu poderia lhe dar a outra.

Retirei o plástico e dei uma lambida. O sabor era parecido com o das balas *bekko* que eu comia antigamente.

Fazia sentido, porque, assim como as *bekko*, a cobertura da maçã é feita apenas com açúcar dissolvido e tingido de corante alimentício.

Para um doce tão simples, o sabor é delicioso. Eu costumava pensar que esse tipo de doce só era bom porque era consumido em festivais, mas também era gostoso em outros momentos. Talvez por evocar lembranças.

É interessante a textura crocante quando se morde a parte fininha da bala. Quando se crava os dentes na maçã, um suco azedinho se espalha dentro da boca, numa combinação perfeita com a cobertura doce.

– Que delícia....

Meu cansaço parecia ter se dissipado.

– Sakura? – chamei.

Minha filha continuava com os olhos pregados na TV, mas havia algo estranho em torno dela.

– Hã? O que é isso?

Uma luz vermelha envolvia o corpo de Sakura. Ou era o próprio corpo dela que a estava emitindo?

– Sakura! Você está bem!?

Fui correndo abraçá-la, e ela me olhou sem entender minha aflição. O brilho vermelho como uma aura em torno de sua silhueta não era quente nem frio. E ela parecia normal, alheia àquilo.

Eu só podia estar vendo coisas. Devia ser alguma coisa com meus olhos. Eu nunca tinha ouvido falar de um sintoma como aquele, mas, se existem pessoas que enxergam manchas ou pontos coloridos, não seria tão estranho que uma doença fizesse a pessoa enxergar coisas em vermelho.

Tentei abrir e fechar alternadamente os olhos direito e esquerdo, mas a visão à minha frente não se alterou. E a luz vermelha era apenas ao redor de Sakura, em nenhum outro ponto.

– Ai, céus...

Decidi ir ao médico no dia seguinte, mas torci para que aquilo passasse naturalmente. Era um transtorno resolver coisas pessoais, pois precisava levar Sakura junto.

Lembrei-me das palavras de um antigo colega de trabalho, um homem mais velho. Segundo ele, depois dos 30 ficava mais difícil se ver livre do cansaço e diversos problemas físicos apareciam. Na época não o levei a sério, replicando simplesmente "Ah, depende da pessoa". Não imaginei que logo sentiria isso na pele.

Depois que alimentei Sakura e a coloquei para dormir, ouvi meu marido anunciar um "Cheguei" com uma voz cansada. Fui recepcioná-lo.

– Oi, querido, como foi seu...

Não consegui terminar a frase. Meu corpo enrijeceu, meus olhos se arregalaram.

Meu marido, ainda de terno, suspirou e tirou os sapatos de couro.

Suas costas emitiam um leve brilho vermelho.

– Mas como?

Era uma luz mais tênue que a de Sakura. E só agora eu percebia que o tom de vermelho era idêntico ao da maçã do amor.

Aliás... Meus olhos tinham ficado esquisitos logo depois de comer a maçã.

Lembrei-me da Doceria Mágica Âmbar, naquela rua de atmosfera estranha, imersa na luz alaranjada do crepúsculo.

Então aquele problema nos meus olhos era culpa da maçã? Não, impossível.

– O que houve, Chika?

Meu marido me olhava com desconfiança. Eu permanecia ali de pé, calada, com cara de assustada.

– Hã… Não é nada.

Não sei por que não contei a ele.

– Você vai tomar banho? – perguntei, tentando disfarçar. – Fiz ensopado de carne com creme para o jantar! – Senti que eu falava rápido demais, sem nenhuma naturalidade.

Era a comida favorita dele.

– Sério? Acho que vou comer antes, então.

Ele abriu um largo sorriso, e a luz vermelha se intensificou.

Ao me ver de novo perplexa, ele perguntou, já aborrecido:

– O que está acontecendo, afinal? Você continua me encarando de um jeito esquisito!

– Nada, nada. Vou esquentar a comida.

– Está bem. Vou me trocar enquanto isso.

Fiquei observando-o seguir em direção ao quarto, coçando a cabeça. A luz, que pouco antes se intensificara, agora tinha voltado a ficar suave.

Se tudo aquilo era efeito da maçã do amor, por que a intensidade da luz de Sakura e a do meu marido eram diferentes?

Quando estávamos jantando, a luz voltou a ficar forte, e continuou assim até ele ir tomar banho e se deitar.

Pela manhã, a luz em torno do meu marido estava novamente

tênue. Ele saiu para o trabalho, mas desisti de ir ao médico e, em vez disso, fui levar Sakura para passear pelo bairro.

No parque, uma mãe que morava no nosso prédio me chamou. Ela também emitia um brilho vermelho, porém era mais fraco que o do meu marido no dia anterior. Olhando ao redor, percebi que somente as pessoas conhecidas brilhavam.

Ok, então nem todas as pessoas brilhavam, somente as que eu conhecia, e a luz variava em intensidade para cada uma. O que isso significava?

A essa altura, eu já estava convencida de que o fenômeno não era nenhuma doença na vista, mas efeito da maçã do amor. Aliás, a que eu tinha comprado para o meu marido estava guardada no armário. Não dei a ele.

"É interessante que, ao contrário dos outros doces, o recheio fique visível. Seria tão bom se pudéssemos ver o coração das pessoas dessa forma tão transparente, não acha?" Então essas palavras de Kogetsu eram uma dica.

Depois de observar Sakura o dia inteiro, compreendi algo. Quando ela sentia fome ou pedia colo, sua luz vermelha se intensificava. Por outro lado, quando eu ralhava com ela ou as coisas não saíam do jeito que ela queria, a luz enfraquecia.

Vendo a luz brilhar sobretudo quando ela era mimada, me perguntei se nao seria o nível de seu amor por mim. Talvez fosse por isso que apenas pessoas conhecidas brilhavam, e cada uma de uma intensidade diferente.

Se fosse isso, o amor do meu marido por mim era muito menor que o de Sakura. Eu não queria ter percebido isso. Mesmo ciente de que o amor de uma criança pequena pela mãe é algo especial, foi triste.

Naquele dia, meu marido chegou mais cedo que o habitual. Estava relaxado e havia fios marrons em seu casaco.

– Isso são pelos de animal? O que houve?

Ao sacudir o braço de meu esposo para eliminar os pelos finos, eles caíram na soleira da porta.

– Na volta para casa encontrei um cachorro e o acariciei. Ele estava andando sozinho à noite.

Meu marido adorava animais, principalmente cães. Seu sonho era morar em uma casa só para poder ter vários.

– Não tinha ninguém com ele? Era um cão de rua?

Fiquei com certo receio, pois nunca se sabe que tipo de doença um cachorro pode ter.

– Não, ele era bem cuidado, só podia ser de estimação. Tinha um pelo sedoso. Não o vi bem porque estava escuro, mas pelo tamanho devia ser um shiba.

– Um shiba?

Peguei um pelo que permanecera no casaco dele. Shibas têm pelo curto e um pouco mais claro. Aquele era marrom--avermelhado e longo. Pelo comprimento e pela cor, devia ser uma...

– O que houve? Você parece distraída desde ontem.

– Ah, não é nada. Só estava pensando que também gostaria de encontrar esse cãozinho.

Ele apenas sorriu, sem desconfiar de nada.

Era impossível. Não havia raposas pelas ruas da cidade. Eu estava apenas influenciada pelas orelhas e a cauda de guaxinim daquela menina que eu vira na Rua do Anoitecer. E Kogetsu parecia uma raposa, com olhos dourados estreitos e o rosto de linhas bem marcadas.

Mas... Pensando bem, para uma loja mágica que vendia doces com efeitos estranhos, até que não seria tão absurdo que o proprietário fosse de fato uma raposa.

Nesse caso, isso significava que eu tinha levado minha filha a uma rua onde crianças-guaxinins perambulavam e comprado doces alucinógenos de uma raposa travestida de atendente.

Senti um frio na espinha.

Não, não, não pode ser.

Não sou boa em histórias de assombrações e fantasmas. O melhor era não pensar muito naquilo. "Comprei doces saborosos de um lindo homem com dons especiais, foi isso." Não era uma história sobrenatural, e sim um conto de fadas.

Desde a descoberta de que a luz vermelha representava a intensidade de amor da pessoa por mim, comecei a observar com atenção meu marido. Compreendi que o amor não é algo constante.

Nos dias da semana, quando ele voltava cansado do trabalho, a luz ficava fraca, mas nos fins de semana se intensificava. Quando eu preparava sua comida favorita e lhe demonstrava carinho, a luz também se acentuava.

No início, eu acreditava que o amor do meu marido por mim havia diminuído, mas não era bem assim. Agora eu via que todo mundo tinha momentos de mais sobrecarga.

Eu mesma vivia assoberbada com os cuidados de Sakura e às vezes só pensava nela.

Quer dizer, não só às vezes. Eu só pensava em Sakura a maior parte do tempo... Na verdade, exceto por aquela noite em que havia preparado o ensopado preferido dele para o jantar, nem me lembrava quando tinha sido a última vez que demonstrara afeto pelo meu marido.

Depois disso, desejando fazer com que a luz dele brilhasse muito, passei a me esforçar para lhe dar um pouco de atenção quando era possível. Quando ele chegava do trabalho, me interessava em saber como tinha sido seu dia e, nos dias de folga, procurava fazer com que tivesse um tempo só dele. Também tentei ser mais paciente e incentivá-lo a se aproximar mais de Sakura. Também parei de corrigir cada pequeno detalhe do que ele fazia na tentativa de cuidar dela ou impedir brincadeiras que considerava perigosas.

Com o tempo, a luz vermelha dele se tornou tão forte quanto a de Sakura.

Seria bom se todos pudessem ver o coração das outras pessoas. Assim poderíamos nos comunicar muito melhor. Esse desejo se tornara realidade para mim, pelo menos por um tempo, mas eu continuava aflita.

Eu estava realmente satisfeita? Não havia algo mais que eu realmente desejasse?

Essas tinham sido as perguntas que eu me fizera no santuário.

Qual era o meu real desejo?

Domingo à noite. Enquanto eu preparava o jantar, meu marido cuidava de Sakura na sala. Na realidade, ele tinha mais jeito do que eu para brincar com nossa filha, que se divertia muito com o pai. As risadas dela chegavam até mim.

Não o vi entrar na cozinha. Eu estava cortando cebolinha quando o ouvi perguntar:

– Chika, posso comer isso?

– Isso o quê? – respondi vagamente, concentrada na minha tarefa.

Quando ergui o rosto, meu marido havia retirado o plástico da maçã do amor e estava dando uma dentada no doce.

– Não! Não faça isso!

Eu a estava guardando para quando o efeito da primeira passasse. Tinha escolhido deixá-la num armário que ele nunca abria. Como ele a havia encontrado?

Corri para impedi-lo, mas era tarde demais: ele já mastigava um pedaço. A fruta, ainda no alto do palito, exibia a marca dos seus dentes.

Baixei os olhos, desalentada.

– Ah, desculpa – disse ele. – Não sabia que eu não podia comer. Ei, mas... Uau!

Ele se inclinou para a frente ao olhar para mim.

Virei o rosto, mas não tinha como esconder. Ele também veria a intensidade do amor das outras pessoas.

Dei de ombros, resignada.

– Mas que negócio é esse? – disse ele. – Não consigo enxergar nada com essa luz vermelha na minha frente!

Ele começou a ficar impaciente, agitando as mãos diante dos olhos.

– O quê? – perguntei, aflita.

Como assim ele não enxergava nada? Não era apenas

uma luz vermelha ao redor das pessoas? Ou será que ele via algo diferente?

Ao tentar me aproximar, ele ficou mais nervoso ainda, se afastou e cobriu os olhos com a mão.

– Está cada vez pior! Minha nossa!

Então tive uma ideia.

– Espere um pouco. Fique onde está, não se mova!

Fui até o canto da sala, me afastando dele ao máximo.

– E agora?

Com receio, ele afastou a mão dos olhos.

– Ah, bem melhor. Agora consigo enxergar de novo. – Ele tinha uma expressão de alívio no rosto. – Chika? Onde você se enfiou?

– Estou aqui, na porta.

Ele piscava repetidas vezes, surpreso.

– Hã? Será que é você que está brilhando? A luz é tão forte que não consigo enxergar seu rosto…

– É isso mesmo.

Eu estava muito surpresa. Não havia imaginado que meu amor por ele seria tão forte a ponto de ele não conseguir me enxergar.

– Vou te explicar o que está acontecendo – falei.

Ele se sentou no sofá, o cenho franzido. Sakura, enquanto isso, nos olhava sem entender nada.

Aconselhei meu marido a colocar óculos escuros e contei tudo sobre as maçãs do amor. Desde o dia em que Sakura e eu entramos na misteriosa rua comercial até o momento em que entendi o que a luz significava. Sentadinha no carpete, Sakura assistia a um desenho infantil.

– Ah, é... Realmente, a Sakura também está brilhando – disse meu marido. – Sua luz é tão forte que eu nem tinha notado a dela.

Talvez por estar vendo a luz em torno de nós duas, meu marido nem questionou a história fantasiosa que eu acabara de relatar.

– E essa luz é mais forte quanto maior é o amor que se sente por alguém?

– Sim.

– E com que intensidade você viu minha luz?

– Agora está igual à de Sakura. Antes estava mais fraca.

– É mesmo? – Ele suspirou. – Se você está tão brilhante, isso significa que você me ama profundamente. A ponto de eu não conseguir olhar para você sem óculos escuros.

Naquele momento, entendi finalmente o que faltava. Sim, eu precisava de segurança e precisava me sentir amada, mas também precisava que ele soubesse quanto eu o amava. Só não imaginava que seria daquela maneira...

– Então é por isso que você anda diferente – disse ele. – Me perdoe por não retribuir seu amor à altura. E por ter deixado os cuidados de Sakura e as tarefas domésticas por sua conta.

Ele abaixou a cabeça e coçou o rosto, envergonhado.

– Fui um grande egoísta. Desde que Sakura nasceu, você se voltou totalmente para ela, e achei que você não me amasse mais. Só pensei em mim, sem perceber como era difícil para você lidar com tantas coisas novas. Como fui insensível!

Então ele pensou que não havia mais lugar para ele na nossa família? E por que não conversou comigo sobre o que estava sentindo?

Realmente, passamos a conversar bem menos depois do nascimento de Sakura. Era muito difícil dar conta de tudo e ainda estar de bom humor para quando ele chegasse em casa.

Por outro lado, eu o culpava por tudo o tempo todo, sendo que ele havia passado a trabalhar mais para sustentar nossa família e compensar o fato de eu não trabalhar fora.

– Eu não sou um fardo para você? – perguntei.

Uma mulher que, em vez de buscar o diálogo, comprava maçãs do amor mágicas só podia ser um transtorno.

– Por que um fardo? Como eu poderia não ficar feliz sendo tão amado por minha esposa?

Apesar das lágrimas que brotavam em seus olhos, ele sorria.

– De agora em diante, também vou me esforçar para demonstrar mais claramente meu amor. E vou me dedicar mais a Sakura! Quando você se sentir apreensiva ou angustiada, se abra comigo.

Nunca imaginei ouvi-lo dizer essas palavras. Senti minha visão se turvar e as lágrimas brotarem.

– Eu te amo, Chika.

– Eu também te amo.

Nós nos abraçamos. Apoiei a cabeça em seu peito e chorei copiosamente. Acho que nunca chorei tanto desde que me tornara adulta.

Quando ergui o rosto, recuperada, a luz vermelha tinha desaparecido.

– Ué, a luz apagou – murmurei.

Ele tirou os óculos escuros.

– Para mim também.

Nós dois nos entreolhamos e rimos um para o outro. Quando teria sido a última vez que havíamos declarado nosso amor ou nos abraçado daquele jeito? E tudo isso graças à maçã do amor.

– Esse tal Kogetsu só pode ser o deus da harmonia conjugal – disse meu esposo.

– É bem possível.

– Quero conhecer essa loja. Preciso agradecer a ele.

– Hum… Tenho a sensação de que não será possível voltar lá.

Embora minhas palavras demonstrassem incerteza, por dentro eu sabia. Se a luz da maçã do amor tinha se apagado, era porque não precisávamos mais de intermediários entre nós.

Quando a Rua do Anoitecer surgira para mim, eu me encontrava num momento instável. Não conseguia enxergar nem a mim mesma. Certamente aquela loja era desnecessária para pessoas que não tivessem o olhar embaçado. Ou que tivessem voltado a enxergar.

Melhor assim.

– Tudo bem, eu entendo – disse ele.

– Fico feliz que acredite em mim.

Cansada da TV, Sakura foi engatinhando até o sofá e se enfiou entre nós dois, que estávamos novamente abraçados.

– Sakura!

– Deixa ela, Chika. Vou abraçar vocês duas juntas.

Sakura deu gritinhos de alegria ao ser incluída no abraço.

Dali para a frente, eu também expressaria meu amor em palavras. E, quando precisasse sentir o amor dele, diria claramente.

Até alguém tão pequenina como Sakura consegue transmitir seu desejo por afeto.

No amplo estacionamento do prédio residencial, no alto de uma árvore, uma silhueta em um *hakama* deixava entrever orelhas de raposa.

– Quando Chika foi à loja, seu campo de visão era tão limitado que ela não viu o aviso com os dias em que fechamos nem as plaquinhas com os nomes dos produtos. Agora ela parece ter recuperado boa parte de sua visão inata, não?

Do outro lado do estacionamento se vê uma janela. Através da cortina rendada, três silhuetas estão unidas em um abraço. Kogetsu cerra os olhos.

– Será que foi exagero tirar a segunda maçã do armário e colocá-la na mesa? – sussurra ele, mexendo a cauda. – Fiz essa gentileza apenas por ele ser um cara legal, que gosta de animais. Embora eu, pessoalmente, não aprecie ser acariciado por humanos.

Kogetsu mexe de repente o dedo, e uma maçã com marca de mordida aparece em sua mão.

– Vou pegar como amostra. Não sei o que é uma família, mas se Chika está tão feliz, só pode ser algo bom.

Depois de observar a janela do apartamento com seus olhos deslumbrantes, ele envolve a maçã do amor com um brilho âmbar.

E, lamentando que a maçã não esteja inteira, Kogetsu desaparece.

6

Mamedaifuku do adeus

É noite de lua nova. Kogetsu contempla o céu da janela de seu quarto. A escuridão ali é mais densa que o normal.

– Em dias assim, eu me lembro dele – pensou.

Kogetsu sai de baixo das cobertas, joga uma jaqueta *haori* nos ombros e se senta no peitoril da janela.

Hoje faz frio. Quando ele expira, contemplando o céu, a janela se embaça de branco.

– Quantas dezenas de anos se passaram desde então? Sinto que foi uma centena, mas me perco no fluxo do tempo humano.

Foi antes de Kogetsu abrir a Doceria Mágica Âmbar.

Época em que a cultura ocidental começava a criar raízes no país. As cidades viviam em polvorosa, as pessoas se entusiasmavam com as últimas tendências da moda, mas ainda usavam mais roupas japonesas do que ocidentais.

Aconteceu por acaso. Não foi por estar com fome ou por desejar a todo custo experimentar o doce.

O *nerikiri* no formato de camélia, ofertado no santuário, chamou sua atenção. Ele estendeu a mão para apanhar o doce.

– Ei, ladrão! – ouviu alguém gritar atrás de si.

Kogetsu se virou devagar.

– Isso é uma oferenda aos deuses.

O homem que se aproximara a passos largos era jovem e parecia destemido. Era quase da mesma altura de Kogetsu, mas aparentava ser maior por ser mais musculoso. Vestia apenas um quimono e uma jaqueta *haori* de cores neutras.

Ele encarou Kogetsu e por um instante abriu bem os olhos, observando atentamente seus cabelos.

– Essa sua cabeleira é natural?

– Sim, por quê? Algum problema?

O rapaz meneou a cabeça.

– Ah, não, me desculpe. Gostei do seu estilo – disse ele, atropelando as palavras. – Deve ser difícil encontrar trabalho por aqui, não?

– Como assim? – replicou Kogetsu, sem conseguir compreender a intenção do rapaz.

– Você deve estar com fome. Não vou te dar esse aí porque é uma oferenda, mas pode levar estes aqui se desejar.

O rapaz abriu a trouxa que carregava, feita com um grande lenço. Havia ali vários tipos de doces do tamanho da palma da mão.

Ele devia ter confundido Kogetsu com um desempregado. Logo depois, Kogetsu se deu conta de que talvez estivesse recebendo uma esmola. Porém não queria recusar a oferta do rapaz, que explicava:

– Este aqui é um doce chamado *yokan*, este outro é…

Então pensou: *Por que não? Dificilmente verei esse humano de novo*, pensou.

Kogetsu não tinha intenção de manter vínculos com os humanos nem demonstrava particular interesse neles, mas naquele momento decidiu se comunicar de modo apropriado. Então ouviu o rapaz perguntar:

– Tem algum que você não possa comer?

– Não sei. Nunca comi nenhum desses.

– Entendi, entendi. Leve todos, então.

Assentindo firmemente com a cabeça, o rapaz lhe entregou o embrulho com todos os doces. Não estava pesado, mas Kogetsu sentiu certo desconforto por ter ficado com as mãos totalmente ocupadas.

– Como você se chama?

– Kogetsu.

– Kogetsu? É um nome bem japonês – sussurrou o rapaz e, sem ser perguntado, foi logo dizendo o seu: – Sou Akifumi Kohaku. Na avenida mais adiante há uma loja de doces japoneses chamada Kohaku. É onde moro.

Com aquele corpanzil, qualquer um pensaria que o rapaz fosse militar ou policial. O trabalho de fabricação de doces exigia tanta força física assim?

– Onde você mora, Kogetsu?

– Logo ali.

Ele apontou para o fundo do átrio. Não estava mentindo.

– É mais perto do que eu imaginava. Isso facilita as coisas.

Akifumi deu um tapinha no ombro de Kogetsu. Não estando acostumado a ser tocado, seu corpo enrijeceu.

– Quando não tiver nada para comer, apareça na minha loja. Se não se importar, você pode provar uns doces que eu tenho feito de modo experimental.

Akifumi se despediu com o semblante sorridente e, a passos rápidos, saiu do santuário.

Parece que houve um grande mal-entendido... Ele tirou conclusões apressadas, mas não me parece má pessoa.

Kogetsu suspirou. Apesar de ter sido uma conversa breve, ele se sentia exausto. Não estava acostumado com pessoas tão cheias de vitalidade como Akifumi.

Se deixasse os doces ali, o rapaz certamente perceberia, então não teve alternativa a não ser levá-los.

Atrás do átrio do santuário havia uma rua que pessoas comuns não viam: a área comercial da Rua do Anoitecer, o caminho que levava à residência de Kogetsu.

Seguindo por aquela rua, foi até o fim da área comercial. Havia várias lojas em ambas as calçadas, muitas delas fechadas, e não se via vivalma. Os residentes dali nunca tiveram vontade real de fazer negócios. Kogetsu morava ali havia bastante tempo, mas não conseguia decidir o que fazer para ganhar a vida. Poderia viver mesmo não trabalhando, por isso tinha pouca disposição para se ocupar com algo. Isso era comum entre as criaturas sobrenaturais, os *ayakashi*.

Naquela área comercial situada no fim do *kakuriyo*, na fronteira entre o mundo real e o mundo dos espíritos, só havia *ayakashi* consideradas párias. Algumas eram excêntricas, outras tinham poderes instáveis – caso de Kogetsu, que era um *hanyo*, um mestiço semi-humano. Ali era o reduto dos marginalizados, dos incapazes de viver no centro da cidade.

Por ser um lugar assim, raramente as criaturas sobrenaturais saíam à rua e clientes humanos não passavam por ali. Vez por outra aparecia uma pessoa, sempre parecendo perdida.

Para matar o tempo, Kogetsu às vezes ia dar uma volta no mundo dos humanos, mas a maioria dos *ayakashi* não tinha vontade de sair dali.

Kogetsu, já cansado da própria existência, parou e suspirou. No fim da área comercial, havia um lugar que antigamente fora uma loja. Agora era sua residência. Como o proprietário desaparecera fazia um tempo, ele decidira ocupá-la.

– Se eu tivesse nascido humano, minha vida teria passado num instante. Por que sou um *hanyo*?

Metade raposa, metade humano. Talvez por isso Kogetsu sentisse não se encaixar nem no reino espiritual, nem no mundo dos humanos. Um ser incompleto, que não pertencia a lugar algum. Sua existência era similar à de uma água-viva, apenas vagando à deriva.

Desde que começara a ter noção das coisas, sempre vivera sozinho. Não conhecera os pais. Cogitava ter sido abandonado por eles. Talvez não quisessem criar um filho mestiço.

A pessoa que conheci hoje é totalmente diferente de mim. Ele tem um objetivo e não tem uma existência instável. Não tem nada a ver comigo.

A trouxinha com os doces repousava no quarto às escuras. Se não comesse não acabaria, então ele estendeu o braço.

Havia inclusive um doce igual ao *nerikiri* no formato de camélia que ele tinha visto no santuário. Seria camélia porque estavam no inverno? Ele não sabia que os doces podiam representar as estações do ano.

Ao tirar um deles da trouxinha, com a ponta dos dedos, Kogetsu se surpreendeu com a maciez. Teve medo de esmagá-lo só de pegar.

Tão delicadamente elaborado e tão frágil? Que complexo...

Bastou uma leve mordida e a doçura refinada da pasta de feijão se espalhou pelo interior de sua boca.

Como é doce. Mas isso...

Não era uma doçura desagradável. Depois de comer um, ficou ansioso para experimentar os outros.

Por fim, nessa noite Kogetsu adormeceu depois de comer *nerikiri, yokan* de castanha e *kanoko*.

Alguns dias depois, Kogetsu caminhava sem rumo pela área comercial da Rua do Anoitecer quando se deparou com Akifumi, que carregava um embrulho feito com um grande lenço e olhava ao redor com curiosidade.

– Ah, se não é o Kogetsu!

– O que está fazendo aqui?

Akifumi acenou com uma expressão relaxada e se aproximou. Parecia não perceber que Kogetsu estava impaciente.

– Como assim o que estou fazendo aqui? Você disse que morava atrás do santuário, então vim à sua procura. Fiquei surpreso ao ver uma área comercial num lugar como este. Também vi inscrições ilegíveis e umas lanternas vermelhas incomuns. Muitos estrangeiros moram aqui?

– Não, não é isso, é que...

Seres humanos comuns não podiam entrar no reino espiritual. O caminho que ligava os dois mundos só era visto por almas penadas ou humanos com existência instável por preocupações.

– Que lugar é este?

– Aqui não é lugar para você!

Não imaginei que ele fosse alguém com preocupações a ponto de se tornar instável. Baixei a guarda. Fui descuidado ao dizer onde moro, pensou Kogetsu.

– Essa região é perigosa? Tudo bem. Eu pareço delicado, mas meus braços são fortes.

Pelo contrário: era surpreendente que um homenzarrão como ele fizesse doces tão delicados.

– Por favor, é melhor que você vá embora. Lidar com humanos é problemático por aqui.

Se ele não partir logo, pode muito bem encontrar outro ayakashi. *Embora eles fiquem confinados a maior parte do tempo, nunca se sabe… Se alguém descobrir que este lugar é um distrito de* ayakashi, *as coisas podem se complicar*, pensou Kogetsu.

Akifumi pareceu desapontado.

– Vim até aqui especialmente para lhe trazer doces e veja como me trata.

– Doces?

Ao ouvir essa palavra, as orelhas de raposa se movimentaram. Kogetsu comera todos os doces que ganhara naquele dia, mas jamais admitiria que estava com saudades daquele sabor.

– Você comeu?

Comi…

– Não estavam uma delícia?

– Sim.

Akifumi sorriu.

– Será que posso ir à sua casa? Você poderia pelo menos me servir um chá?

– Parece que não me resta escolha…

Akifumi tinha lábia, mas Kogetsu faria qualquer pequeno sacrifício para ganhar mais doces daqueles.

Kogetsu faz Akifumi entrar pela porta dos fundos. Como o espaço da loja era amplo, a residência em si só tinha um cômodo. A sala e o quarto eram conjugados.

– Muito sóbrio. Você não tem uma escrivaninha ou uma mesinha de chá?

Não havendo almofadas, Akifumi se sentou de pernas cruzadas diretamente no tatame.

– Não preciso de nada disso.

O quarto, de uns quatro metros quadrados, não tinha móveis. Na hora de dormir, Kogetsu retirava o futon do armário e o estendia no chão. Não gostava de ter o cômodo lotado de coisas. Aumentar a quantidade de pertences era desagradável, fazia-o se sentir acuado.

Ele colocou no tatame uma bandeja com um bule e xícaras.

– Que alívio! Pelo menos você tem os utensílios.

– Até eu bebo chá.

Kogetsu encheu as duas xícaras. Ignorando a etiqueta, colocou a quantidade de folhas que julgou adequada. Se ele conseguia tomar, não devia ter um gosto ruim.

– Doces japoneses ficam mais saborosos quando acompanhados de chá. Olha, hoje eu trouxe novidades.

Akifumi abriu a trouxa e tirou lá de dentro, com a ponta dos dedos, um doce branco. Era pequeno, redondinho e tinha orelhas, olhos e boca.

– O que é isso? Um coelho?

– Um coelho da neve. Não é uma fofura?

– É mesmo.

– Também é uma delícia. Experimente.

Aceitando a gentileza, Kogetsu comeu os doces que Akifumi havia trazido, um após outro. Akifumi o observava enquanto sorvia seu chá, pensando alegremente: *Que apetite!*

Quando Kogetsu terminou de comer e fez uma pausa para tomar o chá, Akifumi inclinou o corpo e perguntou, com os olhos brilhantes e expressão animada:

– De todos os doces que você comeu até agora, de qual gostou mais?

Ele realmente aprecia doces, pensou Kogetsu.

– O mais belo era aquele no formato de camélia. Em termos de sabor e textura, gostei mais deste aqui – disse, apontando para a caixa onde o doce estava.

Era um doce coberto com grãozinhos de cores e tamanhos diferentes. Pareciam o *kanoko* que Kogetsu comera no outro dia, mas não era inteiramente preto.

– Ah, esse é um *mamekanoko*, um *kanoko* de feijão. Sua textura é única, porque ele não utiliza apenas feijão *azuki*, mas também vários outros tipos.

– É mesmo?

Kogetsu tinha a impressão de que, por não serem tão doces, nunca se cansaria de comê-los.

– Que surpresa saber que você gosta de coisas de aparência fofa.

Sorridente, Akifumi deu um tapinha no ombro de Kogetsu, que afastou a mão do rapaz, franzindo o cenho.

– Não seja impertinente. Desse jeito vou expulsá-lo daqui!

– Deixe de timidez. Mas veja, a aparência é um dos elementos mais importantes de um doce.

Mesmo eu fazendo uma cara irritada, ele não se importa e continua falando. Será que tem alguma preocupação? Por mais que eu olhe, só vejo um desmiolado, pensou Kogetsu.

Ele concluiu que fora algum tipo de erro que levou Akifumi a entrar naquele dia na Rua do Anoitecer.

Depois de terminados os doces, Akifumi continuou tagarelando, enquanto Kogetsu ouvia, só concordando com tudo. Quando o sol se pôs, o doceiro finalmente se levantou.

– Por que você veio aqui hoje? – perguntou Kogetsu ao acompanhar o visitante até a porta. – Você não sabia a localização da minha casa e, vagando às cegas, não havia garantia de que me encontraria.

Kogetsu não queria demonstrar muito interesse, mas estava curioso para saber a resposta.

– Ora, porque eu estava preocupado com meu amigo.

– Amigo? Que amigo?

– Você, ora.

Kogetsu ficou rígido, sem palavras para replicar.

Amigo? Aquele rapaz chamava assim alguém com quem trocara apenas algumas palavras, uma única vez? E por que ele fora à procura desse "amigo" para lhe levar doces?

Mas mesmo Kogetsu, que não entendia muito os humanos, podia entender que Akifumi era extremamente simpático.

– Não me diga que você nunca teve um amigo – disse Akifumi.

– Nunca houve alguém a quem eu pudesse chamar dessa forma...

– Caramba. Você já sofreu muito, não? Daqui para a frente vai ficar tudo bem. Pode contar comigo.

Ele parecia estar confundindo as coisas de novo. Akifumi colocou as mãos nos ombros de Kogetsu. Sua expressão era um misto de compaixão e senso de dever.

– Não preciso de você – disse Kogetsu. – Por favor, não volte mais aqui.

E bateu a porta.

– Fique tranquilo, viu? Eu volto – disse uma voz animada do outro lado, sem o menor indício de ter se ofendido.

– Que insistente!

Após Akifumi partir, Kogetsu suspirou. Não sabia o que fazer para afastar o sujeito. Porém não havia mais com o que se preocupar, pois ele jamais voltaria. Um humano sem traços de instabilidade só podia ter ido parar ali por algum equívoco.

Entretanto, Akifumi voltou várias vezes à casa de Kogetsu, sempre levando uma grande quantidade de doces.

– Sou o segundo filho da família proprietária da Doceria Kohaku – contou ele um dia. – Está decidido que meu irmão mais velho assumirá os negócios, e eu espero atuar na produção dos doces.

A cada dia Akifumi contava mais sobre sua vida.

– Meu pai foi doceiro por muitos e muitos anos. Quero seguir os passos deles. Para isso, pratico nos meus dias de folga e após o expediente. Esses que trouxe para você eu fiz como aprendiz. Como não posso vendê-los, fico feliz em trazer.

Kogetsu passou a conhecer em detalhes a situação da família dele, bem como a rotina de Akifumi.

– O santuário abençoa a prosperidade dos negócios. Quando consigo produzir doces bons, vou até lá para deixar uma oferenda.

Como ele discorria em detalhes sobre as guloseimas que produzia, Kogetsu foi se tornando especialista.

Sendo cada vez mais difícil mantê-lo afastado, Kogetsu simplesmente desistiu. Talvez em breve Akifumi arranjasse uma namorada e se cansasse dele. Não havia como uma amizade unilateral se prolongar por muito tempo.

Quando Kogetsu já se acostumara com a falta de cerimônia de Akifumi, ele lhe fez esta pergunta:

– Kogetsu, o que acha de abrir uma loja nesta rua? Você vai se sair bem nos negócios.

– Não, muito trabalhoso.

Akifumi insistiu:

– Mas esta casa era originalmente um estabelecimento comercial. É um desperdício usá-la apenas como moradia. Pense em alguma coisa. Que tipo de loja seria legal abrir?

– Hum…

Kogetsu fingiu considerar a ideia. No entanto, havia apenas um negócio com o qual ele tinha familiaridade.

– Bem, uma loja de doces seria perfeito…

Foi um grande erro deixar escapar isso.

– Claro, uma doceria!

Quando ele se deu conta do que acabara de fazer, Akifumi já exibia um largo sorriso.

– Eu posso ajudar! Ah, você bem que poderia ter me falado dessa sua ideia antes! – disse, segurando com vigor o ombro de Kogetsu.

– Eu não disse que queria fazer isso. E, por favor, pare. Está me machucando.

Kogetsu deu um tapa nas costas da mão de Akifumi, mas não surtiu efeito. O sujeito continuou ignorando os protestos do "amigo".

– Nada disso, se for para começar, quanto antes melhor. Opa, eu tenho preparativos para fazer, então vou nessa. No meu próximo dia de folga eu volto.

– Que preparativos?

Mas a pergunta de Kogetsu não alcançou os ouvidos de Akifumi, que se afastava a passos largos.

Estou com um mau pressentimento…

Kogetsu ajeitou a jaqueta, trêmulo. Notava que, desde que conhecera Akifumi, todos os seus pressentimentos se revelaram corretos.

– Onde fica a cozinha?

Alguns dias depois, Akifumi apareceu carregando uma enorme trouxa nas costas. Pela abertura se podia ver a tampa de uma panela e algo que parecia um cabo. Como se não bastasse, ele ainda trazia pacotes em ambos os braços.

– Quanta coisa – comentou Kogetsu.

– Ah, é que eu trouxe o material. Mas então, e a cozinha? Não vá me dizer que não tem.

Mesmo que Kogetsu dissesse que não tinha, Akifumi provavelmente revistaria a casa à procura de uma. Com um suspiro, ele o levou até lá, relutante.

Comparado ao tamanho da casa, era um espaço amplo. Contava com um fogão, uma pia e uma bancada. Talvez a loja que funcionava ali anteriormente vendesse algum tipo de comida.

– Nossa, não esperava tanto. Vai servir bem. Trouxe a pasta de *azuki* que fiz – anunciou Akifumi, dando tapinhas na trouxa, ainda nas suas costas.

Quer dizer que essa panelona está cheia de pasta doce de feijão? Isso não pode ser só para mim, pensou Kogetsu.

– O que você pretende fazer?

– Pensei em ensinar você a fazer um doce japonês.

Ali estava o pior medo de Kogetsu se concretizando. Akifumi era um grande intrometido.

– Mas eu não quero aprender.

– Você não falou que quer abrir uma loja de doces japoneses?

– Eu não disse nada disso!

– Eu tenho certeza do que ouvi.

Depois de um tempo dessa discussão, Kogetsu finalmente cedeu. Seria impossível vencer aquele rapaz.

– Mas vou logo avisando: se eu não tiver jeito para isso, vou desistir de imediato.

Kogetsu, que nunca cozinhara na vida e só sabia preparar

chá, não imaginava que conseguiria fazer doce algum. Talvez, se tivesse mostrado suas habilidades, Akifumi desistisse de ensiná-lo antes mesmo de começar.

– Não se preocupe, você leva jeito. Vai por mim – disse Akifumi, cheio de convicção.

– De onde você tirou que...

– Você não achou os doces japoneses deliciosos? Sinal de que tem potencial.

Kogetsu nada disse, incapaz de argumentar. Talvez estivesse confuso, porque nunca recebera elogios de ninguém.

E o que era aquele calor que sentira no peito por apenas um instante? Uma sensação estranha, como a empolgação por acreditar ser capaz de realizar algo.

– Estou nervoso... – sussurrou, e quando apertou o peito por cima do *haori*, a empolgação havia desaparecido.

– Vamos começar logo.

Akifumi usava uma faixa para prender as mangas do quimono. Ele entregou uma faixa a Kogetsu, que o imitou.

– Que habilidoso! Depois de lavarmos as mãos, vamos começar fazendo trouxinhas de pasta de feijão.

Dentro de uma caixa de laca de dois andares havia bastante feijão-branco doce colorido.

– Essas trouxinhas de feijão são a base de tudo. Se você não dominar a técnica, será impossível fazer *nerikiri*, *manju* e *daifuku*. Vou mostrar como se faz e em seguida você tenta fazer igual.

Kogetsu imaginou que bastaria enrolar a pasta de feijão *azuki* e depois envolvê-la com a de feijão-branco, mas se surpreendeu com a dificuldade ao experimentar fazer. Quando achou que tivesse conseguido, as pastas preta e branca estavam separadas. No doce preparado por Akifumi, elas se uniam com perfeição.

– Isso acontece quando as mãos estão oleosas. Enrole mais rápido. Do mesmo jeito que se faz sushi.

Kogetsu nunca tinha feito sushi, mas entendeu que aquele era um trabalho artesanal. Dependendo do tipo de doce, a tarefa devia ser ainda mais complicada. Pela primeira vez sentiu respeito por Akifumi. Ele era capaz de fazer uma variedade enorme de doces com perfeição.

Depois de desperdiçar várias porções de pasta, Kogetsu disse:

– Isso não é algo que se aprenda da noite para o dia. Que tal desistirmos?

– Eu não esperava que você aprendesse tudo hoje. Na verdade, foi melhor do que imaginei.

– Hein? O que você quer dizer com isso?

– Temos um plano de longo prazo. Daqui em diante, vamos praticar nos meus dias de folga e nas noites em que eu estiver livre. Ah, não se preocupe comigo. Ensinar você vai servir também para o meu aprendizado.

– Quer dizer que você vai vir todo dia?

Kogetsu olhava para ele com uma expressão de desespero, mas Akifumi continuava sorrindo, impassível.

– Tempo é o que não falta para você, não? Basta se esforçar e você aprende rapidinho.

Era verdade, Kogetsu tinha tempo de sobra. Não tinha amigos ou hobbies. Não tinha vontade de atacar os humanos ou zombar deles, como faria um *ayakashi* malévolo. Vivia apenas para passar o tempo.

– Entendi. Só que eu também tenho meus compromissos – mentiu ele. – Nos dias em que eu lhe pedir para não vir, por favor não venha.

O primeiro dia de lua nova e o primeiro de lua cheia. Como a força mágica se tornava instável, era impossível esconder as orelhas e a cauda nesses dias.

Se descobrisse que Kogetsu era um *ayakashi*, Akifumi se afastaria, mas isso nem era o maior dos problemas. Seu medo era que o fato se espalhasse entre os humanos. Em outros tempos, pessoas tentaram exterminar os *ayakashi*. Era cansativo lidar com cada uma delas.

– Pode deixar. Eu jamais cometeria tamanha indelicadeza.

E aquele rapaz tinha noção do que era uma "indelicadeza"? Kogetsu observava Akifumi meio surpreso, meio resignado.

A partir de então, praticamente todas as noites e os dias inteiros de folga foram dedicados a aprender a confecção de doces.

Além das trouxinhas de pasta de feijão, Akifumi ensinou os formatos do *nerikiri* e como fazer *yokan*, *manju* e *monaka*. Ele devia ter comprado instrumentos novos, pois deixou vários na casa de Kogetsu.

O inusitado era que a Doceria Kohaku também vendia itens mais comuns e baratos, como confeitos, *neriame* e caramelos. Como os doces japoneses são caros, a loja tinha sido pensada de forma a permitir que todo tipo de cliente pudesse comprar alguma coisa.

– As crianças que hoje compram guloseimas baratas com

sua mesada virão comprar doces japoneses mais caros quando forem adultas – explicou Akifumi. – Não é uma boa forma de conquistar clientela?

Ele ensinou até mesmo a fazer os doces mais comuns. Kogetsu se espantou em saber que a fabricação das balinhas açucaradas mais simples levava duas semanas.

Kogetsu achou essas guloseimas excessivamente açucaradas e sem o refinamento dos doces japoneses, mas tinham a conveniência de serem pequenas. Apesar de os pacotes virem com uma grande quantidade, havia algo de mágico em comer todas sem nem se dar conta.

E quando o inverno estava quase acabando, ele aprendia tão rápido que Akifumi sugeriu: "Em breve vou te ensinar a cozinhar a pasta de feijão." Pela primeira vez Kogetsu se descobria habilidoso com as mãos.

– Kogetsu, as cerejeiras próximas ao santuário estão em plena floração. Que tal irmos vê-las?

Nesse dia, Akifumi apareceu trajando um quimono verde--claro primaveril e com pétalas de cerejeira na cabeça.

– Não vejo graça. Elas florescem todos os anos.

– Sim, mas a cada ano só se pode admirá-las por um breve período. Que sujeito estranho você é.

Kogetsu aparentava estar perto dos 30 anos, mas sua idade real não era essa. Ele provavelmente nascera antes do bisavô de Akifumi. E continuaria a viver por muitas décadas mais. Era natural não ter interesse por algo que poderia ver todo ano.

– Se você vai abrir um negócio, precisará atender os clientes. Você é educado no uso das palavras, mas talvez se complique por não ser do tipo amigável. Provavelmente porque não lida bem com suas emoções ou não sabe expressá-las. – disse Akifumi, enquanto moldava os *nerikiri* em formato de flor de cerejeira.

– Acertou em cheio. Não sou muito acolhedor.

– Ora, ora, então está ciente disso? Ótimo, pois assim é possível corrigir o problema.

– Impossível.

Ele não sabia ao certo o que eram emoções. Tampouco compreendia por que os humanos choravam, se enfureciam ou sorriam. Sabia sorrir por mera formalidade, só isso. Nunca se emocionara a ponto de alterar sua expressão facial.

– O que acha de observar as pessoas?

– Observá-las? Você acha mesmo que isso vai adiantar?

Se Akifumi não conseguisse tornar Kogetsu mais emotivo, dificilmente outra pessoa conseguiria.

Quando ele estava para ir embora, Kogetsu se lembrou de avisá-lo:

– Ah, por favor não venha amanhã. Tenho outros planos.

Kogetsu sentia seu poder mágico se tornar instável à medida que a lua nova se aproximava. Mas o pior era seu mau humor nesses dias. Quando era bebê, nesses dias ele se transformava em raposa e passava a noite toda vomitando e gemendo. Agora já conseguia lidar melhor com isso, mas ainda eram dias perdidos, em que mal se levantava.

– Eu estava reparando nos dias que você me pede para não vir. Percebi que foram duas vezes no mês e com intervalo igual entre eles.

Akifumi parou o que fazia e observou Kogetsu.

Até que para um idiota ele é bastante perspicaz.

Ele também parou o que fazia e encarou Akifumi como se estivesse prestes a atacar um inimigo.

– São os primeiros dias da lua nova e da lua cheia, não? Então me conte: o que você faz nesses dias?

– Isso não é da sua conta. Não tenho que te dar satisfação.

Foi inútil. Sem tirar os olhos de Kogetsu, o rosto de Akifumi se enrijeceu.

– Outra coisa estranha: como você consegue viver sem trabalhar?

– O que quer dizer com isso?

Por não necessitar de tanta comida como os humanos, ele podia viver sem dinheiro. Quando necessário, bastava assumir a forma de raposa e caçar lebres e pássaros selvagens.

– Você é um rapaz muito bonito. Não está vendendo seu corpo, está? Mas, ainda que seja isso, por que só nesses dias?

Kogetsu soltou um ruído semelhante a uma gargalhada.

– Acha que sou garoto de programa? Mas que ideia!

Ele falou isso com muito desprezo, semicerrando os olhos.

– Então qual o problema das luas novas e cheias?

– Eu não tenho vontade de ver ninguém nem de sair de casa nesses dias. Só isso.

Kogetsu tirou a faixa que prendia as mangas do quimono e a atirou com violência sobre a bancada.

– Pode ir embora, por favor?

Acho que fui um pouco longe demais, pensou Akifumi, e, surpreso com a reação de Kogetsu, baixou a cabeça sem replicar.

Dessa vez, ele obedeceu e foi embora. Sua silhueta curvada

de costas lembrava a de um cão desalentado. Era estranho, apesar de ele não ter orelhas nem rabo de animal.

Kogetsu acreditava que falar duramente com Akifumi o impediria de ficar imaginando coisas.

Noite seguinte. Kogetsu estava deitado quando ouviu alguém bater na janela do seu quarto. Pelo som vacilante, logo adivinhou quem era.

Até porque ninguém mais o visitava.

Por via das dúvidas, ele se levantou tomando bastante cuidado para não ser visto através da janela.

– É você? – perguntou.

Como esperado, ouviu a voz de Akifumi:

– Não precisa abrir. Quando se sente mal, você prefere não ser visto, certo?

Kogetsu passa a mão nas orelhas de raposa, que não conseguia esconder.

– Deixei comida na porta dos fundos. Você só come doces. Trouxe mingau de arroz, porque é de mais fácil digestão, melhor para quando se está doente... E também um saquê.

Havia sinais de preocupação na voz de Akifumi.

– Não é necessário... – sussurrou Kogetsu, com um suspiro, mas Akifumi pareceu não ouvir.

– Bem, estou indo. Depois que comer, procure descansar.

Ouviu-se o ruído de sandálias se afastando.

Quando Kogetsu abriu, lentamente, a porta dos fundos, encontrou aos seus pés uma pequena trouxa. Na lancheira havia mingau de arroz e, em um cantil, saquê doce. Akifumi tivera o cuidado de colocar até uma colher.

Ele devia ter acabado de preparar, pois ainda estava quente.

Kogetsu considerou que, se não estava doente, não ia melhorar com comida, mas se sentiu culpado em desperdiçar aquilo tudo.

Levou uma colherada à boca e sentiu o sal na medida certa.

Tinha algo dentro… Seria nabo e artemísia?

Com a textura crocante do nabo e o amargor da artemísia, ele não queria parar de comer. Além disso, a artemísia não era uma erva medicinal? Até nisso Akifumi tivera o cuidado de pensar.

Quando terminou o mingau de arroz, Kogetsu sentiu o estômago quentinho.

– Que estranho. Embora não tenha relação com poderes mágicos, sinto meu corpo mais leve.

Sonolento, Kogetsu bebeu uma xícara de saquê doce e voltou a se deitar. Dormiu profundamente até de manhã, sem acordar nem gemer.

No dia seguinte, Akifumi foi visitá-lo como se nada tivesse acontecido e Kogetsu, sem dizer nada, deixou a lancheira, o cantil e a colher lavados. Vendo os recipientes vazios, Akifumi apenas sorriu.

Talvez por ter se sentido contente em ver que sua comida fora bem recebida, Akifumi passou a ir no primeiro dia de lua nova e no primeiro de lua cheia e deixar um mingau de arroz na soleira da porta, sem dizer nada. Por causa de seu jeito de andar barulhento, Kogetsu sempre acordava com o ruído de seus passos. Se mesmo assim não reclamava, era porque se sentia estranhamente melhor ao comer o mingau.

Kogetsu não entendia por que se sentia assim, e isso o deixava ansioso. Chegou a colocar de lado a artemísia. Contudo, como o efeito permaneceu inalterado, o enigma apenas se aprofundou.

Quando a primavera terminou e as cigarras noturnas começaram a ciciar, uma sombra pairou sobre os dias.

Era folga de Akifumi na Doceria Kohaku, portanto ele deveria vir à tarde, mas quem apareceu foi um jovem desconhecido de cabeça raspada, muito depois do horário combinado.

– C-com licença. Você deve ser Kogetsu.

– Sim, mas quem é você?

– Sou um serviçal do mestre Akifumi. Ele sofreu um acidente e machucou a perna... Pediu que eu viesse avisá-lo que não poderá vir visitá-lo por um tempo.

Um empregado da casa de Akifumi. Pela primeira vez Kogetsu tomava conhecimento de que a tradicional doceria era rica e que Akifumi era chamado de "mestre".

– Entendo. Obrigado por vir me avisar.

Depois de dar o recado a Kogetsu, o jovem fez uma reverência e se foi. Pessoas em paz não podiam ir à área comercial da Rua do Anoitecer, portanto o rapaz devia ter uma existência instável, provavelmente algo o angustiava. Era difícil ler os humanos só pela aparência.

Um acidente? Bem, parece não ter sido grave, então não preciso me preocupar, mas... O que devo fazer?

Ter um dia inteiro livre podia ser algo incômodo, ao contrário do que pensava antes. Kogetsu decidiu ir até a avenida "para matar o tempo".

As pessoas com roupas mais frescas, típicas do início do verão, passeavam risonhas e animadas, conversando. Aquela avenida sempre fora agitada, desde a época em que ali era uma cidade-castelo.

A Doceria Kohaku ficava em algum lugar da avenida. Kogetsu imaginou que fosse se perder, por nunca ter prestado atenção ao caminhar por ali, mas foi fácil encontrá-la: era grande, cheia e se destacava entre as demais lojas. À primeira vista, ele achou o local bastante interessante. O letreiro estava bem desgastado pelo tempo e transmitia a imponência de um estabelecimento de longa data. A casa que se via atrás da loja devia ser a residência de Akifumi.

Havia um portão; era melhor não tentar entrar furtivamente. Por outro lado, seria problemático fazer uma visita formal.

Cogitou voltar para casa, mas, já que chegara até ali, decidiu dar uma olhada.

Usando seus poderes mágicos, destrancou o portão e criou uma abertura para deslizar para dentro.

Que casarão magnífico! O jardim era amplo e carpas nadavam num laguinho artificial. Um jardineiro podava um pinheiro.

Akifumi não tinha jeito de mestre, por isso Kogetsu ainda

estava confuso. Porém, pensando bem, sua falta de cautela e seu jeito para se aproximar aos poucos podiam ser reflexos de certa ingenuidade. Aqueles que cresceram recebendo carinho costumam ser carinhosos também com os outros. Ao contrário de Kogetsu.

Onde seria o quarto dele?

Ainda sem ir embora, Kogetsu pensou em apenas dar uma olhadinha.

Ao observar a fileira de janelas na fachada, entreviu por uma delas uma cama de estilo ocidental. Akifumi estava ali, deitado. Kogetsu se aproximou com cuidado. As pernas de Akifumi estavam envoltas em ataduras e suspensas por tiras. Os ferimentos pareciam graves. Mesmo a certa distância, era possível ver seu rosto com um semblante tenso e sua tez muito pálida. Ele nunca o vira tão enfraquecido.

– É você, Kogetsu?

Surpreendentemente, ele perguntou isso dirigindo-se à janela.

Kogetsu arregalou os olhos e abriu a janela, revelando-se. Não estava trancada.

– Como soube que era eu?

Ele saltou a janela e entrou no quarto sem tirar os sapatos. Akifumi não o repreendeu.

– Senti sua presença. Você veio me fazer uma visita!

– Estava apenas passando aqui por perto... – disse Kogetsu, desviando o olhar.

Akifumi nem se deu ao trabalho de fingir que acreditava. Com o rosto relaxado, apontou para uma cadeira e o convidou a se sentar.

– Soube que você se acidentou. O que houve exatamente? – perguntou Kogetsu.

Akifumi levantara apenas o tronco, colocando-se sentado na cama.

– Eu me distraí e bati em uma carroça. Não fui atropelado, minhas pernas não estão doendo muito... Mas disseram que eu deveria ficar de repouso por um tempo. Você deve ter se preocupado porque tenho vivido situações perigosas.

– Situações perigosas? Como assim?

Akifumi tinha falado casualmente, mas Kogetsu não sabia o que vinha acontecendo.

– Outro dia quase fui atropelado por uma carroça, hoje foi a segunda vez. E por pouco não caí de uma ponte num outro dia. Teve também uma panela que caiu do alto, me esquivei bem a tempo. São coisas que têm acontecido com frequência.

Kogetsu ficou pensando se Akifumi não seria alvo das maldades de alguém, mas, vendo que eram acidentes por falta de atenção, acabou descartando a possibilidade.

– Você é muito distraído?

– Não, foi por acaso. É que o cadarço do meu sapato desamarrou, uma carroça desgovernada veio a toda e acertou alguém, nisso me desequilibrei e meu corpo se inclinou sobre o parapeito da ponte. Dei azar.

– Ouvindo isso, sou obrigado a concordar...

Sempre há uma causa quando se tem muito azar. Você pode estar enfeitiçado pelo Deus dos Infortúnios, ou sendo ludibriado por uma raposa ou um guaxinim. Sem saber, você pode estar sendo manipulado ou amaldiçoado por alguém.

Kogetsu liberou seu poder mágico de modo que as orelhas

e a cauda não ficassem visíveis e examinou os sinais ao redor de Akifumi.

Sentiu uma tontura. Involuntariamente, seus olhos se estreitaram e seu rosto se tornou sombrio.

– O que houve, Kogetsu? Ficou pálido de repente.

– Eu... preciso ir embora – respondeu, virando-se de costas sem olhar para Akifumi.

– Ah, é? Que pena. Minhas pernas logo estarão curadas, mas ainda precisaremos esperar um pouco até podermos voltar à nossa rotina.

– Tudo bem.

Kogetsu saiu da mesma forma que havia entrado, pela janela, e deixou a casa dos Kohaku para trás.

O que eu vi há pouco...

Enquanto retornava para a área comercial da Rua do Anoitecer, Kogetsu refletia sobre o que vira. A existência instável de Akifumi o estava colocando em perigo. Ele estava prestes a morrer.

Em tal estado, deve ser natural estar sendo puxado para a morte...

Frustrado, socou o muro de uma loja próxima. A menina-guaxinim que o observava na sombra fugiu, assustada.

Se uma pessoa instável era deixada como estava, ela aos poucos seria atraída para o outro lado, para o mundo dos espíritos. Lamentou não ter notado isso antes. Se não fizesse algo por Akifumi, em breve ele morreria.

Para evitar isso, era preciso eliminar o motivo da instabilidade, a causa da preocupação.

As coisas se complicaram...

Kogetsu não podia ficar despreocupado nem mesmo enquanto Akifumi descansava. O perigo espreitava até dentro de casa. Ele agora poderia morrer tropeçando e batendo com a cabeça na quina de uma mesa ou engasgando com um pedaço de bolinho de arroz...

Para salvá-lo, era preciso agir rápido.

Kogetsu decidiu se infiltrar na casa dos Kohaku sem se revelar, para escutar às escondidas as conversas da família e dos empregados. Mesmo se perguntasse diretamente a Akifumi, havia uma grande probabilidade de ele próprio não estar ciente do que o preocupava, portanto imaginou que poderia obter pistas a partir de fragmentos de conversas de terceiros. E ele estava certo.

Descobriu, pelo que falavam os empregados, que Akifumi na realidade desejava suceder os pais na administração da loja. Ele sempre tivera mais habilidade do que o irmão mais velho. Ciente disso, o primogênito decidira trabalhar em outro tipo de ocupação, e assim Akifumi poderia assumir os negócios da família.

Porém as coisas não deram certo. O irmão mais velho então retornou e desabafou com a família sobre a frustração que sentira. E, "por ser o primogênito", argumentou que deveria assumir os negócios de qualquer maneira.

Avesso a conflitos, Akifumi acabou aceitando e se resignou à posição de confeccionar os doces. Essa foi a história que Kogetsu conseguiu descobrir.

Isso acontece devido à obsessão por riqueza e poder, por possuir bens materiais. Os humanos são gananciosos, refletia ele.

No entanto, não era por riqueza e poder que Akifumi desejava ser o sucessor na doceria. Aparentemente, o irmão mais velho não se limitava à administração e passara a dar palpites inclusive no modo de fabricar os doces. Akifumi e os outros responsáveis pela produção não podiam mais criar os doces livremente como faziam antes.

Apesar de tudo isso, quando ensinava Kogetsu, Akifumi parecia muito alegre. Provavelmente tinha se proposto a transmitir seu conhecimento para compensar a frustração que sentia em sua própria loja.

Seria bom se houvesse uma forma de extrair dele seus reais sentimentos.

Enquanto vagava pela Doceria Kohaku, sempre sem se mostrar, Kogetsu pensava se não haveria uma maneira de extrair os sentimentos de alguém. Foi quando sua atenção foi atraída para um *monaka* de castanha.

É isso. Eu poderia colocar poder mágico em um doce, pensou. Como Kogetsu era um *hanyo*, sua magia era fraca, porém, se os infundisse nos doces, talvez pudesse amplificar os efeitos.

Ele poderia fazer um *monaka* de castanha capaz de extrair os verdadeiros sentimentos das pessoas. Não seria interessante que, apesar de a castanha estar oculta no recheio, os sentimentos fossem "inocultáveis"?

Outras possibilidades começaram a lhe ocorrer.

Teve tantas ideias que decidiu voltar correndo para casa e tentar colocá-las em prática.

Era a primeira vez que Kogetsu fazia os doces sem a orientação de Akifumi, mas ele tinha confiança de que conseguiria.

– Kogetsu, é você! Veio me visitar novamente?

Alguns dias depois, Kogetsu foi levar os doces para Akifumi. Obviamente, entrou pela janela. Surpreso, o semblante de Akifumi se iluminou.

Kogetsu pela segunda vez observou o quarto de Akifumi. Nada mudara em relação à primeira vez que estivera ali, exceto pelo pijama que o rapaz vestia. Todo o resto estava exatamente igual, tanto as ataduras envolvendo as pernas quanto sua posição suspensa. Era impossível levar uma vida normal naquele estado, mas os empregados deviam estar cuidando bem dele.

– Hoje eu fiz questão de trazer um presente.

Kogetsu entregou a ele uma caixa de dois andares contendo *monakas* de castanha e *mamedaifukus*. Ao abri-la, Akifumi deu um grito de alegria.

– São doces japoneses! Não acredito. Você fez sozinho? Inclusive a pasta de feijão?

– Isso mesmo. Mas demorou um pouco.

– Isso é incrível! Estão lindos, perfeitos... Você poderá abrir sua loja a qualquer momento. Para se tornar um excelente artesão em tão pouco tempo, você só pode ser um gênio!

– É que eu tive um excelente professor.

Akifumi arregalou os olhos.

– O que houve? Por que está tão gentil hoje? Não vai ser sarcástico e grosseiro como de costume?

– Experimente logo! Comece pelo *monaka*.

– Ah, claro. Vou comer um.

Akifumi colocou um *monaka* na boca, sob os olhos vigilantes de Kogetsu.

– Nossa, que delícia!

Ele comeu de uma vez só cerca de metade do doce. Depois, saboreou o restante bem devagar.

Pronto. Agora bastava fazer perguntas. O encanto daria conta de fazer o resto.

– Akifumi, será que você não está escondendo das pessoas seus reais sentimentos? – disse Kogetsu lenta e claramente.

– Hein? Eu?

– Não está? Pense bem.

Akifumi ficou confuso. Seus olhos se escureceram e sua expressão pareceu distante. Então ele começou a falar de um jeito arrebatado:

– É isso mesmo. Fingi que não estava me afetando, mas… quero fazer meus doces livremente! Quero pensar eu mesmo em novos produtos e lançá-los a cada estação do ano. Ideias não me faltam. Só preciso que meu irmão as aprove…

Akifumi olhou para as mãos com uma expressão inquieta.

– Se seu irmão não aprovar, não existem outros caminhos? – provocou Kogetsu, como se lhe desse um empurrãozinho nas costas. – Um ambiente onde você possa fazer seus doces com mais liberdade?

– Você tem razão… Eu deveria sair de casa e abrir minha própria loja. Como seria?

O olhar sonhador de Akifumi ganhou foco e passou a brilhar, cheio de esperança.

– Uma nova loja não terá os clientes e a história da Doceria Kohaku – ponderou ele. – No início, vai ser difícil, pois começarei do zero. Mas, justamente por isso será um grande desafio. E, sendo minha loja, poderei fazer tudo do meu jeito.

– Até hoje você foi protegido pela sua família, mas tenho certeza de que fará sucesso ao sair daqui!

Os reais sentimentos fluíam da boca de Akifumi, e Kogetsu sentiu que de alguma forma já não o achava insuportável.

– Kogetsu… Obrigado. Senti que graças aos seus doces pude voltar a ser eu mesmo!

O espírito de Akifumi que se inclinava para o outro lado voltou ao seu estado original. No entanto, sua existência continuava instável.

Como eu pensava…

Ele previra que apenas expressar suas preocupações talvez não resolvesse o problema. Como Akifumi frequentava a área comercial da Rua do Anoitecer, um vínculo de amizade se formara entre os dois. Se esse vínculo não fosse rompido, o espírito instável voltaria a se inclinar na direção do outro lado.

Por isso Kogetsu havia preparado também um outro doce. A melhor opção seria não consumi-lo, mas não havia outro jeito.

Com um suspiro, Kogetsu se dirigiu a Akifumi:

– Por favor, coma também este *mamedaifuku.*

– Ah, é mesmo. Estou doido para provar esse também.

Akifumi colocou o *mamedaifuku* na boca.

– Ah, este também é uma delícia. O sabor salgado é fora de série – declarou, fascinado.

Porém sua expressão mudou de súbito. Era o semblante de quem questionava o sentido de estar comendo um doce naquele momento.

E, voltando-se para Kogetsu, indagou:

– Desculpa, mas... quem é você?

Akifumi estava confuso e parecia um pouco receoso. Não havia mais nele o rosto alegre e o tom íntimo com que tratava Kogetsu até então.

Kogetsu ergueu os cantos da boca num sorriso.

– Sou apenas um cliente. A casa é tão grande que me perdi e acabei entrando sem querer neste quarto.

– Ah, foi isso?

Uma visível expressão de alívio.

– Vou chamar um empregado para lhe mostrar o...

– Não é necessário. Eu já estava mesmo de saída.

Kogetsu virou-se na direção da porta. E, quando tocou na maçaneta, voltou-se, percebendo haver esquecido algo.

– Ah, Akifumi. Posso lhe dizer uma última coisa?

– O quê?

– *Adeus*. Não volte lá!

BAM!

A porta se fechou com um estrondo e o vínculo entre os dois foi rompido.

Kogetsu se recostou na parede do corredor e deixou escapar um sorriso triste.

– O doce que, ao ser comido, faz esquecer a pessoa mais próxima... – sussurrou Kogetsu para si mesmo. – Algo a que fui forçado inúmeras vezes. O *mamedaifuku* tem muitos grãos de feijão *azuki*, e ninguém percebe se um deles desaparecer!

Kogetsu era como um grão de feijão. Mesmo sem ele, Akifumi teria sucesso nos negócios e levaria uma vida feliz. Até o dia em que morreria naturalmente.

– A vida humana é passageira, mas… desejo a você uma vida feliz – disse baixinho.

E assim Kogetsu desapareceu da família Kohaku.

Quando termina de relembrar tudo isso, Kogetsu cerra os olhos por um momento.

Desde aquele dia, o Japão passou por grandes transformações. Houve um momento em que todo o país se encontrava instável devido à guerra, mas atualmente reina a paz. Todavia, em todas as épocas há determinado número de pessoas angustiadas e instáveis.

Um dia, Kogetsu soube que Akifumi teve sucesso ao abrir uma loja de doces em um local distante.

E Kogetsu, tendo aprendido que doces com poder mágico podem curar humanos instáveis, abriu a Doceria Mágica Âmbar na área comercial da Rua do Anoitecer.

Ele recomenda doces adequados às angústias dos humanos que visitam a loja, mas se fosse apenas isso, pareceria um mero ato de caridade sem nenhuma graça. Decidiu, portanto, coletar amostras de emoções.

"Se você não sabe expressar emoções, será difícil atender bem os clientes." Não que Kogetsu tenha concordado com Akifumi, mas, se compreendesse as emoções dos humanos, talvez pudesse entender o comportamento do rapaz.

Por que Akifumi o chamara de amigo? Por que fizera tanta questão de lhe ensinar a fazer doces e, no primeiro dia de lua nova e no primeiro de lua cheia, lhe levara mingau de arroz? Acima de tudo, por que Kogetsu o ajudara?

Naquele momento, Kogetsu não compreendeu, mas agora sente que entende um pouco.

Ele se levanta e sai do quarto. No corredor logo atrás do balcão há muitas prateleiras altas. Inúmeras amostras guardadas em garrafas de vidro estão enfileiradas. Ele pega uma amostra do *monaka* de castanha, como o que Akifumi comeu.

De tempos em tempos, Kogetsu pega as amostras e absorve as emoções humanas. Graças a isso, nos últimos tempos ele tem conseguido elaborar novas formas de atender as necessidades dos clientes.

– Acumulei amostras demais, preciso colocar uma ordem nelas. Vou refazer as etiquetas e organizá-las... Nossa, isso vai dar um trabalho e tanto!

Entre os clientes salvos por Kogetsu, alguns o tomam por um deus. Outros voltam ao santuário para expressar gratidão.

Porém...

– Não é nada admirável que eu tenha aberto uma loja de doces mágicos na intenção de salvar alguém. Fiz isso apenas para passar o tempo. Peço-lhes encarecidamente que não se esqueçam disso...

Para saber mais sobre os títulos e autores da Editora Arqueiro,
visite o nosso site e siga as nossas redes sociais.
Além de informações sobre os próximos lançamentos,
você terá acesso a conteúdos exclusivos
e poderá participar de promoções e sorteios.

editoraarqueiro.com.br